A ENTREVISTA

MILLÔR FERNANDES

A ENTREVISTA

Texto de acordo com a nova ortografia.

Capa e fotos internas: Ivan Pinheiro Machado
Revisão: Marianne Scholze

CIP-Brasil. Catalogação-na-Fonte
Sindicato Nacional dos Editores de Livros, RJ

F41e

Fernandes, Millôr, 1924-
   A entrevista: Millôr Fernandes fala à revista *Oitenta* / Millôr Fernandes. –
Porto Alegre, RS: L&PM, 2011.
   104p. : il.

   ISBN 978-85-254-2112-8

   1. Fernandes, Millôr, 1924-. 2. Fernandes, Millôr, 1924- - Entrevistas. 3. Jornalistas - Entrevistas - Brasil. I. Título.

11-0030.   CDD: 079.81
                        CDU: 070(81)

© Millôr Fernandes e L&PM Editores, 2011

Todos os direitos desta edição reservados a L&PM Editores
Rua Comendador Coruja, 314, loja 9 – Floresta – 90.220-180
Porto Alegre – RS – Brasil / Fone: 51.3225-5777 – Fax: 51.3221-5380

Pedidos & Depto. Comercial: vendas@lpm.com.br
Fale conosco: info@lpm.com.br
www.lpm.com.br

Impresso no Brasil
Verão de 2011

Sumário

Uma imagem / 7
Apresentação / 11
Sobre o autor (por ele mesmo) / 15
Sobre o autor II (Autobiografia de mim mesmo à maneira de mim próprio) / 17

A ENTREVISTA / 19
Dias depois... / 93
Millôr Fernandes vai ao pampa
  ou explicando uma foto / 97

UMA IMAGEM

Antigamente, e parece que foi antes de ontem, não era entrevista. Era papo. Conversa entre amigos. Conversa entre gaúchos. Sim, eu também era um pouco gaúcho, de tanto ir a Porto Alegre.

E não vou provar isso em palavras. Provo em imagem que, como lá diz o outro, vale mil palavras. Vê aí.

Millôr Fernandes
fevereiro de 2011

Leia na página 99 a história desta foto.

APRESENTAÇÃO

Em 1981 Millôr Fernandes foi a Porto Alegre. A L&PM Editores – que já editava Millôr desde 1976 – publicava uma revista cultural em formato de livro, a saudosa *Oitenta*. A ideia era fazer uma revista inspirada na *Granta* inglesa, de aproximadamente 250 páginas, com temas gerais produzidos por grandes intelectuais. Ela teve muita repercussão nos nove números que foram publicados entre 1980 e 1983. Pelas páginas da *Oitenta* passaram escritores, poetas, filósofos, jornalistas como Paulo Francis, Ferreira Gullar, Josué Guimarães, Luis Fernando Verissimo, Moacyr Scliar, Hélio Pellegrino, Cyro Martins, além de Carlos Fuentes, Cornelius Castoriadis, García Márquez, Federico Fellini, Woody Allen, Jean-Paul Sartre, Gore Vidal, Vargas Llosa, Umberto Eco, Bukowski, Kerouac, entre tantos outros.

Os editores eram José Antonio Pinheiro Machado, José Onofre, Paulo Lima e eu. Esta equipe foi reforçada por Jorge Polydoro (então capista oficial da *Oitenta*) e, numa noite memorável na casa de José Onofre, fizemos uma entrevista com Millôr Fernandes que foi publicada na *Oitenta 5* em julho de 1981. Millôr estava numa noite de confissões. Favorecido pelo clima fraternal que reinava no pequeno, mas confortável apartamento próximo à praça da Matriz, no centro histórico de Porto Alegre, ele falou sobre sua infância, sua paixão pela profissão, sobre ditadura, psicanálise, mulheres, amigos, ética e muitos outros assuntos.

Passaram-se quase 30 anos e Millôr confirma a impressão que tínhamos – de que foi uma das melhores entre as milhares de entrevistas que ele deu.

Com exceção do nosso grande amigo, jornalista e escritor José Onofre, falecido em 2008, os meninos que inquiriram Millôr Fernandes durante sete horas naquela longínqua madrugada hoje são quase todos sessentões. A L&PM cresceu, é a editora da maior coleção de livros de bolso do Brasil, e o Lima e eu seguimos pilotando este projeto. O José Antonio Pinheiro Machado, jornalista, advogado, tornou-se – no papel de Anonymus Gourmet – um dos astros da televisão brasileira. Jorge Polydoro, jornalista e arquiteto, dirige a revista *Amanhã*, uma das principais revistas de negócios do país. Só Millôr continua o mesmo.

Hoje, passados quase 30 anos, esta entrevista é valorizada também pelo ambiente em que foi realizada. Estávamos ainda em plena ditadura, embora na sua fase final. Os famosos "anos de chumbo", iniciados com o golpe militar de 1964, acabariam somente em 1985, quando José Sarney assumiu a presidência da

República no lugar do presidente eleito de forma indireta Tancredo Neves, internado gravemente doente na véspera da posse.

Este livro é uma oportunidade de resgatar um momento importante do jornalismo cultural brasileiro; uma entrevista em que você terá o pensamento, as ideias e quase a intimidade de um dos mais importantes intelectuais brasileiros em todos os tempos.

Ivan Pinheiro Machado
fevereiro de 2011

Millôr Fernandes, José Antonio Pinheiro Machado e Jorge Polydoro, durante a entrevista.

SOBRE O AUTOR I
(por ele mesmo)

Millôr Fernandes nasceu. Todo o seu aprendizado, desde a mais remota infância. Só aos 13 anos de idade, partindo de onde estava. E também mais tarde, já homem formado. No jornalismo e nas artes gráficas, especialmente. Sempre, porém, recusou-se, ou como se diz por aí. Contudo, no campo teatral, tanto então quanto agora. Sem a menor sombra de dúvida. Em todos seus livros publicados vê-se a mesma tendência. Nunca, porém diante de reprimidos. De 78 a 89, janeiro a fevereiro. De frente ou de perfil, como percebeu assim que terminou seu curso secundário. Quando o conheceu em Lisboa, o ditador Salazar, o que não significa absolutamente nada. Um dia, depois de um longo programa de televisão, foi exatamente o contrário. Amigos e mesmo pessoas remotamente interessadas – sem temor nenhum. Onde e como, mas talvez, talvez – Millôr, porém, nunca. Isso para não falar em termos públicos. Mas, ao ser premiado, disse logo bem alto – e realmente não falou em vão. Entre todos os tradutores brasileiros. Como ninguém ignora. De resto, sempre, até o Dia a Dia. (M.F.)

SOBRE O AUTOR II
(Autobiografia de mim mesmo à maneira de mim próprio)

E lá vou eu de novo, sem freio nem paraquedas. Saiam da frente, ou debaixo que, se não estou radioativo, muito menos estou radiopassivo. Quando me sentei para escrever vinha tão cheio de ideias que só me saíam gêmeas, as palavras – reco-reco, tatibitate, ronronar, coré-coré, tom-tom, rema-rema, tintim por tintim. Fui obrigado a tomar uma pílula anticoncepcional. Agora estou bem, já não dói nada. Quem é que sou eu? Ah, que posso dizer? Como me espanta! Já não se fazem Millôres como antigamente! Nasci pequeno e cresci aos poucos. Primeiro me fizeram os meios e, depois, as pontas. Só muito tarde cheguei aos extremos. Cabeça, tronco e membros, eis tudo. E não me revolto. Fiz três revoluções, todas perdidas. A primeira contra Deus, e ele me venceu com um sórdido milagre. A segunda com o destino, e ele me bateu, deixando-me só com seu pior enredo. A terceira contra mim mesmo, e a mim me consumi, e vim parar aqui. ... Dou um boi pra não entrar numa briga. Dou uma boiada pra sair dela. ...Aos quinze (anos) já era famoso em várias partes do mundo, todas elas no

Brasil. Venho, em linha reta, de espanhóis e italianos. Dos espanhóis herdei a natural tentação do bravado, que já me levou a procurar colorir a vida com outras cores: céu feito de conchas de metal roxo e abóbora, mar todo vermelho, e mulheres azuis, verdes, ciclames. Dos italianos que, tradicionalmente, dão para engraxates ou artistas, eu consegui conciliar as duas qualidades, emprestando um brilho novo ao humor nativo. Posso dizer que todo o País já riu de mim, embora poucos tenham rido do que é meu. Sou um crente, pois creio firmemente na descrença. ...Creio que a terra é chata. Procuro em vão não sê-lo. ...Tudo o que não sei sempre ignorei sozinho. Nunca ninguém me ensinou a pensar, a escrever ou a desenhar, coisa que se percebe facilmente, examinando qualquer dos meus trabalhos. A esta altura da vida, além de descendente e vivo, sou, também, antepassado. É bem verdade que, como Adão e Eva, depois de comerem a maçã, não registraram a ideia, daí em diante qualquer imbecil se achou no direito de fazer o mesmo. Só posso dizer, em abono meu, que ao repetir o Senhor, eu me empreguei a fundo. Em suma: um humorista nato. Muita gente, eu sei, preferiria que eu fosse um humorista morto, mas isso virá a seu tempo. Eles não perdem por esperar. Há pouco tempo um jornal publicou que Millôr estava todo cheio de si por ter recebido, em sua casa, uma carta de um leitor que estava assim sobrescritada: "Millôr Ipanema". É a glória! (M.F.)

MILLÔR FERNANDES
A entrevista

O grande escritor brasileiro conversou durante mais de sete horas com a equipe de *Oitenta* sobre o seu trabalho, o trabalho dos outros, política, literatura, mulheres e homens.

Millôr – Eu quero fazer um pequeno introito a esta entrevista absolutamente sincero: não gostaria de estar dando esta entrevista. Estou porque gosto muito fraternalmente – como não posso dizer fraternalmente por causa da idade, eu costumo dizer fra-paternalmente – do Lima e do Ivan. Por osmose comecei a gostar dos outros. Eu só não digo que estou começando a ficar gaúcho porque não tenho rebolado gaúcho. Agora – nada, na minha estrutura, *soi disant* intelectual, com todas as aspas, me conduz a dar uma entrevista a sério, sobretudo a pessoas altamente respeitáveis como vocês. Quero que fique gravado nesta entrevista: realmente, eu não me levo a sério. Mas na proporção em que o tempo passa, a idade avança, as pessoas vão te levando insuportavelmente a sério, e você acaba assumindo um mínimo disso.

– *Quando você começou no Jornalismo?*

Millôr – Eu comecei a trabalhar no dia 28 de março de 1938; tinha 13 pra 14 anos de idade. E essa é uma das coisas de que me orgulho – a minha vanglória – a consciência profissional. Eu era um menino solto no mundo, uma vida que dependia só de mim mesmo. Naquela época, o Ministério do Trabalho era recém-fundado. O meu empregador já era *O Cruzeiro*. Pedi que me assinassem a carteira de trabalho. Quando cheguei em casa (uma pensão) e vi que a data que estava lá na carteira era a data em que eu havia pedido a assinatura da carteira e não a em que eu havia começado a trabalhar, voltei e pedi retificação. Veja você,

A imprensa brasileira sempre foi canalha. Se fosse um pouco melhor poderia ter uma influência maravilhosa sobre o país.

um menino com menos de 14 anos, sem nenhuma influência ideológica de trabalhismo, de nada, apenas com aquela consciência de que *tinha* direito. Então a carteira diz assim: "onde se lê tal, leia-se tal data". Está lá registrado o primeiro dia de trabalho: 28 de março de 1938. Já fiz 43 anos de jornalismo, mais anos do que vocês, em conjunto, têm de vida.

– Obrigado pela generosidade. Você acha que o jornalismo brasileiro melhorou muito de lá pra cá?

Millôr – Muito, tecnicamente. Lamentavelmente, porém, do ponto de vista ético, moral e social, melhorou muito pouco. E já era quase criminosamente ruim naquela época. Conforme você sabe, eu não tenho nenhuma formação marxista, não acredito em excessivos determinismos históricos. É evidente, é liminar, que as forças de produção regem muitas coisas. É liminar que o *contexto* da sociedade reja fundamentalmente muitas coisas. Agora – o que não é liminar é o seguinte: há forças metafísicas, há entrerrelações no mundo que não estão previstas em qualquer ideologia; a isso eu chamo o anticorpo. O Marx é o próprio anticorpo dentro da sociedade em que vivia. Se as teorias de Marx fossem perfeitas, ele não existiria. Porque o contexto social e as relações de produção da época não o previam, não o permitiram. Você pode dizer que a imprensa é resultado do meio, a imprensa é resultado da sociedade em que funciona. Certo. Mas, às vezes, por força de um indivíduo, ou por força de um pequeno grupo de indivíduos, ela pode se antecipar ao seu meio e fazer progredir esse meio. Mas a imprensa brasileira sempre foi canalha. Eu acredito que se a imprensa brasileira fosse um pouco melhor poderia ter uma influência realmente maravilhosa sobre o país. Acho que uma das grandes culpadas das condições do país, mais do que as forças que o domi-

> **É possível fazer imprensa com independência. Se o *Canard Enchaîné* faz, se o *Le Monde* faz, por que não se pode fazer no Brasil?**

nam politicamente, é nossa imprensa. Repito, apesar de toda a evolução, nossa imprensa é lamentavelmente ruim. E não quero falar da televisão, que já nasceu pusilânime.

– Há um consenso de que a imprensa brasileira, tecnicamente, teria atingido uma qualidade comparável com o que de melhor se faz no mundo.

Millôr – De acordo. A revista onde trabalho, *Veja*, é um exemplo, tem todas as possibilidades; praticamente iguais às da *Time*. A TV Globo só não tem mais possibilidades porque não quer. Ela pode mandar 30 repórteres amanhã pra Polinésia com o poder que tem, fazer a cobertura que quiser. Mas só age em função do merchandising. Nos falta até o contraste, que existe em países supercapitalistas como os Estados Unidos, onde o choque de interesses é tão violento que faz da imprensa americana a melhor imprensa do mundo. Quando o *New York Times* não quer dar cobertura a um setor, o *Washington Post* vai em cima. A França tem dois fenômenos de boa imprensa: são *Le Monde* e *Le Canard Enchainé*: prova de que a chamada imprensa burguesa, ou a imprensa dentro de países burgueses, pode ser realmente a expressão de uma absoluta liberdade, maior do que em países socialistas (nestes não há imprensa: há boletins).

É possível fazer imprensa com independência. Se o *Canard Enchainé* faz, se o *Le Monde* faz, por que não se pode fazer no Brasil? É uma coisa que pode parecer até brincadeira: quando nós fizemos o *Pasquim,* num certo momento eu disse pro pessoal: "Olha, eu sou o único comunista daqui". Eu acreditava que aquele negócio fosse mesmo um negócio comunitário, para o bem público. É verdade! Os que se presumiam comunistas (não só eles!) começaram a roubar da maneira mais deslavada, mais escrota possível. Mas que se pode fazer dentro de um contexto capitalista, de um contexto burguês, uma imprensa de alta eficiência

E chega de heróis. O homem tem que se convencer de que o mais importante de tudo é o dia a dia.

social voltada para o bem público, isso se pode, sim! Dei provas: você tem o *Le Monde* e o *Canard Enchainé*, duas coisas até bem contrastantes.

– *Em Nova York, há um* Village Voice, *e um canal 13 de televisão orientado como serviço público. Por que no Brasil não existem condições, neste momento ao menos, de se ter uma imprensa alternativa – mas não marginal – de grande penetração na sociedade? Por que não existe isso?*

Millôr – Respondo voltando àquela velha anedota de Deus criando o mundo: todo mundo conhece. Alguém (havia mais "alguém" por ali?) reclamou que Deus tinha feito este país maravilhoso, sensacional. O Chile foi feito cheio de terremotos, o Paraguai tinha pântanos incríveis, outro país tinha furacões, o outro tinha desertos e o escambau e, de repente, no Brasil não tinha nada desastroso: florestas maravilhosas, mares maravilhosos, montanhas lindas. Aí Deus parou e disse: "Espera porque você vai ver a gentinha que eu vou botar lá".

– *Que tipo de imprensa poderia contribuir melhor pro bem social?*

Millôr – Estou pensando, além dos que já citei, no *Village Voice*. Hoje, um jornal rico. Já é até um jornal do sistema. Talvez hoje, curiosamente, jornais maiores, como o *Washington Post* e o *New York Times*, para falar dos dois que sempre se confrontam, ajam mais em função do bem público do que o *Village Voice*. Mas a imprensa alternativa (e o *Village Voice* foi um dos seus grandes exemplos), eu acho que ela é a grande solução para a liberdade de expressão. Os jovens precisavam se conscientizar disto. Saber que eles podem fazer um jornal que, ocasionalmente, vai ficar preso ao bairro, mas é importante que o bairro seja protegido, é importante que as misérias do bairro sejam mostradas ao poder público, até que o poder público chegue àquele negócio mínimo (que é o máximo!) que é consertar o buraco da rua. Não se vai partir para a solução do mundo partindo do macrocosmo; precisamos partir do microcosmo, não tenha dúvida nenhuma. Cristo começou com uma cruz só. Essa pretensão do homem de fazer o organograma universal acaba em Delfim Neto*, acaba em tecnocracia, acaba em "herói". E chega de heróis. O homem tem que se convencer de que o mais importante de tudo é o dia a dia. O homem vive é todo dia. A maior utopia é a resistência diária. Ser herói é fácil. Herói se faz em três meses. Tem amigos nossos, feito o Gabeira, que fazem três meses de heroísmo, viram heróis de todos os tempos e passam a viver disso. E é aquele negócio, é bicha porque está na moda, elogia mulher porque está na moda, é incapaz de dizer alguma coisa contra a corrente, mesmo que a corrente seja lamentável, odiosa, reacionária.

---

* O deputado Delfim Neto (1928-) foi Ministro da Fazenda entre 1967 e 1974, no período da ditadura militar. (N.E.)

– E você acha, por exemplo, que os jornais alternativos estão contribuindo pra alguma coisa neste sentido no Brasil?

Millôr – Neste momento estão um pouco em recesso. Mas de qualquer forma estão contribuindo. A maior contribuição que foi dada à imprensa brasileira, nos últimos tempos, foi a imprensa opcional a partir do *Pasquim,* não tenho dúvida nenhuma. Mas a própria abertura forçou um pouco o recesso no setor. A própria abertura trouxe junto muita vigarice, os caras estão explorando demais o sexo, estão explorando o homossexualismo, o sensacionalismo: pegando os vícios da outra imprensa. A coisa essencial é "vender". Mas continuo achando que a imprensa opcional é

O *Pasquim* foi um jornal feito por meia dúzia de malucos e que alterou o contexto da imprensa brasileira.

---

uma solução. Bem feita, essa imprensa opcional forçará a grande imprensa a dar cobertura a certos assuntos. Cobra! Envergonha! Força! Aquele negócio: o socialismo força o capitalismo a ceder em certas coisas. Você pega o *Manifesto do Partido Comunista* do Marx: das oito ou dez exigências básicas do Marx, pelo menos uns seis itens nem Uganda deixa de aplicar hoje em dia. O imposto de renda é um deles.

– *Você nos falou que alguns jornalistas, ou um grupo de jornalistas podem, reunidos, organizados, antecipar coisas. Nós temos algum exemplo, no Brasil, disso?*

Millôr – Desculpem falar quase em causa própria. Mas tenho que falar do que sei. O *Pasquim* foi um jornal feito por meia dúzia de malucos e que alterou o contexto da imprensa brasileira e chamou a atenção para uma série de coisas. Pela própria condição histórica, o *Pasquim* logo depois se deturpou, nós sabemos, mas teve uma vasta influência. Isso como grupo. Como indivíduo, a melhor estrela que despontou ultimamente, apesar das condições adversas em que trabalha, foi o Joelmir Beting; uma posição correta. Ele está dentro do sistema, mas faz um comentário muito correto e brilhante. Isto é que eu chamo combater por dentro. E não a falcatrua dos que foram dar o rabo à TV Globo na hora em que esta era o veículo de comunicação mais repressivo do país. O Joelmir está n'*O Globo* e escreve o que ele está pensando, da mesma forma que eu, na *Veja*, escrevo o que estou pensando.

– *E o Castelinho*?*

Millôr – O Castelinho é um homem digno. Um jornalista brilhante e culturalmente apto. É um homem digno, mas, evidentemente, o Castelinho hoje não tem mais a força que poderia ter. Ele tem força

---

* Carlos Castello Branco (1920-1993). Sua coluna no *Jornal do Brasil*, "A Coluna do Castello", foi um dos mais influentes espaços políticos na imprensa brasileira no período da ditadura militar. (N.E.)

para comentar o sistema, com a dignidade que lhe é natural. Mas ele não tem força para contradizer o sistema. Estes cargos jornalísticos, digamos, estas posições jornalísticas como a dele são fatais, porque depois de um certo tempo, o jornalista conhece intimamente todos os generais, conhece humanamente todos os políticos, enfim, tem um certo compromisso, no mínimo "afetivo". Eu te dou este exemplo: eu conheço o José Onofre há pouco tempo, mas eu e ele

---

Nós, humoristas, temos extrema importância pra sermos presos e nenhuma importância pra sermos soltos.

---

já estamos comprometidos pela presença. Se ele for me esculhambar amanhã, ele já vai mudar de atitude pelo simples fato de me conhecer. Ele vai dizer talvez a mesma coisa, mas vai dizer em outros termos, mais suaves.

– *Isso é verdade.*

Millôr – Agora, o contato que um colunista político como o Castello tem só pode ser ultrapassado por um louco como meu irmão, Hélio Fernandes. Ele considera que seu interesse em noticiar está acima de tudo e, embora conheça você, critica como se jamais o tivesse visto. Claro que a dele é outra contextura psicológica, e outra forma de jornalismo, muito diferente da do Castello: este tem que usar as palavras com excessivo cuidado.

– *Nisso que você falou tem um problema chave que é a relação com a fonte no jornalismo brasileiro. Ela tende a ser cerceativa para o jornalista, mas não para a fonte. A fonte tem todas as vantagens e o jornalista nenhuma. Até hoje – e eu soube disso casualmente ontem ou anteontem –, o grande mistério para o SNI é saber quem passa as informações para o Hélio Fernandes. Porque o Hélio vai contra todo mundo. Ele não é cara de, de vez em quando, fazer capa com uma grande personalidade, só elogiando esta grande personalidade. Se*

Você pega mesmo essa Igreja nova que está aí, e de repente ela se volta contra você, no fascismo mais primário.

você for ver na Tribuna, *quase todos os altos escalões do governo, senão todos, já sofreram uma porrada lá. Então, como ele é informado? Quem passa as informações para o Hélio Fernandes? Porque a coisa é a seguinte: se você esculhamba, você perde a fonte.*

Millôr – É. Mas aí vem o princípio eterno: as águas correm pro mar. Por exemplo: quando o Hélio está esculhambando a indústria farmacêutica, existem sempre muitas pessoas, dentro da própria indústria, humildes ou não humildes, ou então simplesmente frustradas dentro do mecanismo da empresa, que não resistem a dar informações e fornecer documentos. Você, na *Veja*, estaria num estágio intermediário que é o pior possível. Você tem que respeitar o acordo de ética com o poder enquanto o poder não respeita o acordo de ética com você, coisa parecida com a relação dos humoristas brasileiros com o poder. Eu disse ao Ziraldo, numa das vezes em que ele esteve preso: "Olha, Ziraldo, nós, humoristas, temos extrema importância pra sermos presos e nenhuma importância pra sermos soltos". Porque pra ser preso podemos ser por qualquer coisa a qualquer momento, por qualquer sargento; agora, pra ser solto... Nós não movimentamos forças políticas, sociais ou econômicas, enfim, ninguém tem interesse em que nós sejamos soltos, mas a violência contra nós não é só do poder central, não. Vem de toda parte. Há pouco tempo eu fiz uma notinha deste tamanho sobre o Papa, na *Veja*. Uma notinha sem importância, brejeira. O que eu recebi de carta ofensiva! Você pega mesmo essa Igreja nova que está aí, e de repente ela se volta contra você, no fascismo mais primário. Ela é muito liberal, desde que você não discorde. Semana passada mesmo teve um padre de uma congregação do Paraná que me mandou uma carta infame, com cópia pra direção da *Veja*, pro editor, pra CNBB, pedindo a todos pra tomarem uma atitude contra mim, pra mandarem todos os congregados católicos parar de comprar a *Veja*. Na carta, entre outros adjetivos, ele põe: "filho da puta, safado, analfabeto, escritor fracassado". Assim mesmo, babando ódio! Esse tipo de coisa, esse tipo de ódio você não vence, como você não evita a admiração fanática. Você conquista facções. Com o Hélio é assim, ninguém consegue mais facções pró e contra. Eu, por ser irmão dele, às vezes chego em lugares e encontro pessoas que me falam dele fascinadas. Inclusive sem nenhuma restrição crítica. É impressionante, é aque-

Quanto ao grupo eu já disse: é sempre mafioso, é sempre fechado, é sempre fascista. E não tem direita nem esquerda. É tudo igual.

le fenômeno tantas vezes repetido: se ele fosse um líder popular, desses que levam as pessoas pra rua, naquela de "vamos morrer!", as pessoas eram capazes de ir. É incrível! Ele é uma pessoa extraordinária, negativa e positivamente. Vou te dar um exemplo do seu lado, digamos, pragmático. Quando começou a Revolução de 64 ele disse: "Olha, estes militares vão ficar no poder uma porção de tempo". Então passou a dormir com o Almanaque do Exército como livro de cabeceira. E sabe exatamente tudo sobre os militares, mais do que o SNI sabe sobre os civis. Então, ele está conversando com um general, o general diz que faz e acontece e ele corta: "Olha, é bom o senhor fazer logo porque no dia 23 de maio de 1981 o senhor cai na *expulsória"*. Depois de uma dessas, o cara cala a boca. Começa a pensar: tem algum mistério aí, esse cara deve ser comunista.

– Neste entreato em que estamos falando de imprensa, eu queria aproveitar o que você falou sobre a Igreja pra perguntar o seguinte: você acredita que seja possível uma igreja progressista?

Millôr – Em termos filosóficos, não. Mas em termos imediatos, sim. A Igreja é uma máfia como todo grupo. Eu acredito no *indivíduo conscientizado*, a força mais progressista do mundo. Eu acredito no indivíduo, o que pode parecer uma fraqueza social, pois o indivíduo sozinho, aparentemente, não faz nada. O indivíduo só não faz revolução, não faz vanguarda. Eu posso ser o maior vanguardista do mundo, mas se eu faço uma vanguarda sozinho, eu sou apenas um neurótico. A vanguarda – ou a revolução – só se faz em torno de um grupo, mas como eu nunca vi nenhuma revolução, não sei se existe. Bom, um esclarecimento, se é que é necessário: eu estava revelando ao Ivan um sentimento que me dá uma profunda satisfação: sou completamente cético. Não aconselho ninguém a me seguir, mas eu consigo conviver maravilhosamente com isso. Realmente não consigo acreditar em nenhuma mitologia social, embora eu consiga acreditar em indivíduos melhores do que outros. Veja bem, há indivíduos definitivamente melhores do que outros, mas mesmo o melhor indivíduo, ainda assim, é cheio de defeitos. Mas canalhas, você encontra perfeitos! Quanto ao grupo eu já disse: é sempre mafioso, é sempre fechado, é sempre fascista. E não tem direita nem esquerda. É tudo igual, uns apenas piores do que outros. Sendo que, no Brasil, o que me preocupa não é a direita, esta caminha definitivamente contra a história: eu estou preocupado é com a esquerda, que pretende caminhar com a história, o que até pode ser verdade, mas sem a menor preocupação com o ser humano, individual e indivisível! E é uma esquerda também vendida, deturpada no essencial. Quando olho esses heróis, todos fingindo "amor e paz" mas cheios de ódio, eu penso: se vencessem, o que seria?! Lembro-me de um líder em especial, que me assustou exclamando, no Rio: "Eu quero dar um banho de sangue nesta cidade". Era a mesma frase do Burnier*. Sem a "má consciência" da direita! No momento em que o grupo se organiza – e aí você pega a Igreja, o Partido Comunista, qualquer grupo – as intenções são sempre maravilhosas. Depois de organizado, o que o grupo faz? Primariamente se defende e só depois defende aquele princípio ao qual se destina. O problema básico do grupo passa a ser a sua própria sobrevivência. Por exemplo, vocês resolvem defender esta comunidade, de repente chego eu de fora

---

* O brigadeiro João Paulo Burnier era o chefe de gabinete do Ministro da Aeronáutica e autor do plano que faria explodir o gasômetro do Rio de Janeiro em outubro de 1968, responsabilizando os comunistas. Calcula-se que na ação morreriam em torno de 100 mil pessoas. O plano foi abortado pela denúncia feita aos seus superiores pelo paraquedista Sergio Carvalho, conhecido como "Sergio Macaco". (N.E.)

e digo: "Não, não é bem assim, isso vocês não estão fazendo direito, vocês não estão defendendo a comunidade, estão é se locupletando (em dinheiro ou prestígio)". Aí então vocês nem pensam se a crítica é verdadeira ou não e dizem: "Este Millôr é um filho da puta!"

> **O rico bota a luz e o pobre passa e é iluminado também. Se desse pra iluminar só o rico e só ele pudesse andar no claro, não tenha dúvida que ele faria isso.**

Quer dizer, primeiro vão me destruir, depois então vão pensar de novo: "O que é mesmo que nós estávamos defendendo?". De qualquer maneira, eu acho que a Igreja neste momento é progressista, embora até em pequenos detalhes eu me grile, como aquele negócio de "Dom". "Dom" Evaristo, "Dom" Arnaldo, "Dom" não sei mais o quê. "Dom", por quê? Eles são príncipes? A ideia geral não é a humildade? Preciso ainda me estender às espantosas mordomias medievais da Igreja (tanto da nova quanto da velha)?

– *Você falou sobre o seu ceticismo diante das coisas. Mas a realidade, Millôr, o que se recolhe em termos de jurisprudência na história da humanidade é que as coisas têm acontecido através de grupos que se organizam e resolvem agir. O que você coloca me parece como deformações de grupos através da história. Claro, lá pelas tantas o grupo quer se proteger. O Millôr faz uma crítica e o grupo resolve acabar com ele. Enfim, eu pergunto: tudo isto corresponde a uma incredulidade sua na impossibilidade das pessoas se reunirem e conseguirem avançar?*

Millôr – Bom, primeiro de tudo, quando eu falei – você vê, as palavras são muito importantes –, quando eu falei da coisa individual, no processo de conscientização individual, eu falei que era a utopia mais desvairada: por isso o grupo é inevitável. Você tem razão, basta você ver a história: quase não se faz nada sem o grupo. Mas eu te pergunto, o que é que o "grupo" fez? Você vive melhor do que se vivia há dois mil anos, em Roma? Quer dizer, você vive, eu vivo, mas o total da humanidade vive muito pior, como ser humano. Moral: as propostas grupais também fracassaram. E, pensando bem, o que se vive melhor é por causa da tecnologia, que até bem pouco tempo era coisa individual, coisa de "inventores". Agora mudou, é grupal, é estatal, é russa, é americana, não mais individual, nem poderia ser. Vamos ver aonde vai. Por enquanto está 70% voltada para armamentos.

– Você é fã da tecnologia?

Millôr – Considero a luz elétrica e a água encanada duas coisas que revolucionaram a vida humana – que os hippies me perdoem. Que maravilha a luz elétrica! E barata, barata! Não é um negócio só pra rico, pois o rico bota a luz e o pobre passa e é iluminado também. Se desse pra iluminar só o rico e só ele pudesse andar no claro, não tenha dúvida que ele faria isso! Mas a luz teima em ser comunitária. Toda a tecnologia é um negócio inacreditável, a tecnologia está sempre à nossa frente, é um negócio incrível, ela está mudando socialmente as coisas. Eu estava antes falando sobre o problema dos movimentos feministas; a verdade é que eles estão a reboque da história porque estão a reboque da tecnologia. Veja só, quando surgiu a construção vertical, os edifícios de apartamentos, mais o telefone e o automóvel, pra dizer só isso, o sistema já não conseguia mais controlar o comportamento sexual das pessoas. E as mulheres começaram a se libertar, inclusive sexualmente. Sem nem pensarem em "movimentos". Pois o bom pai zeloso não tinha mais como controlar a "coisinha" da filha. Ela ia pro apartamento de baixo, ou então passava o cara de automóvel, em quinze minutos ia e voltava, o "mal" estava feito, não havia controle possível. Depois o telefone invadiu a casa. E depois veio a pílula. E aí, de repente, aparece a moçada feminista e começa a reivindicar coisas que são conquistas fatais, ou até já existem, ou apenas ainda não chegaram ao Brasil porque este é um país subdesenvolvido. Mas a mulher vai conquistar tudo que lhe é devido, naturalmente. Embora eu algumas vezes fique com pena vendo-as reivindicar coisas que ou já são anacrônicas ou são decididamente vontades de minorias. Repito: a tecnologia está quase sempre à nossa frente. Dou um exemplo: o nosso amigo Marx é tido como a maior figura revolucionária da história, mas ninguém fala de um cara chamado Henry Ford, que foi exatamente o cara que fodeu o mundo! Criou um negócio chamado automóvel, obsoleto na origem! Mudou as cidades, transformou o mundo numa faixa de tráfego, fábrica de asfalto, viaduto, uma merda!

Será o homem viável? Ou temos que aceitar o homem escroto, o homem calhorda que domina o outro, assim como está?

Vocês já viram um milhão de marxistas. Alguém aí já viu um fordista, um estudioso do Ford?

– *Os caras estudam Marx com o dinheiro da Fundação Ford...*

Millôr – Pois é, virou até fundação, essa coisa tão filantrópica.

– *A dificuldade seria essa, o indivíduo ao mesmo tempo seria insuportável como solução, pois ele é incapaz de socializar suas resoluções pessoais, mas por outro lado ele é a única coisa que interfere, que faz ruído dentro da sociedade, a ponto de fazer com que ela talvez mude o grupo, apesar de todo o aspecto insuportável que este possa ter de máfia, quando se congrega, quando começa a se defender, que a única forma de transformá-la talvez não seja, em última análise, uma dificuldade nossa de lidar com a maneira de ser da espécie, como bicho, como animal, este negócio de só ter caráter quando interessa ter, deixar de ter no momento que interessa. Você não acha que, enfim, é preciso conviver, saber conviver com esta espécie de selvageria organizada em que se transformou a vida humana?*

Millôr – Aí então nós estamos saindo do social para o metafísico: será que o ser humano indaga mesmo do seu egoísmo, da sua vaidade, da sua ambição, da sua vontade de depredar o outro? Socialmente será que é possível mesmo a realização da proposta do *homem novo?* Eu estava dois anos atrás em Nova York e peguei um táxi pro aeroporto. A gente leva uma hora pra chegar lá, então eu fui conversando com o chofer. Era um moço de 25 anos e eu, apesar de não ter um bom ouvido, falando, notei que ele não era americano. Perguntei. Ele disse que era russo. Aí ele me falou que estava vivendo em Nova York, que tinha comprado um carro, e o carro era dele, estava muito satisfeito com o trabalho e tal. Eu disse: "Mas você é de que origem?", ele respondeu que era judeu. Enquanto isso, a minha cabeça está funcionando, este cara deve ter uns 25 anos e o pai dele deve ser um homem da minha idade, no máximo. Quer dizer, o pai dele já é o chamado "homem novo", o pai dele já é posterior à Revolução Comunista, compreende, portanto o jovem aqui já devia ser mais renovado ainda, pelo próprio processo. Pergunto: "Mas como é que vocês saíram de lá, sendo judeus?". Ele disse que os caras tinham dado um jeito

A psicanálise é uma mentira total, a psicanálise é uma contrafacção e o psicanalista um contrafactor.

e tal, e eu perguntei *por que* eles tinham saído de lá. Ele disse: "Ah, era muito perigoso; nós vivíamos do *black market*". Veja só, na União Soviética, cinco anos atrás, cinquenta anos depois da Revolução, tinha caras que viviam de mercado negro, e hoje se sabe que existe toda uma organização (*no leva*, que por acaso em russo quer dizer "à esquerda") que é o contrabando, é o jeitinho russo, que pega todas as comissões daquelas muambas que vão para o comissariado, para a elite do partido. E eu volto à minha eterna pergunta: "Será o homem viável? Ou temos que aceitar o homem escroto, o homem calhorda que domina o outro, assim como está?". Veja bem, não pense que a minha seja uma atitude de desespero. O homem é inviável. Mas eu não sou não. Nem eu, nem vocês cinco. Há muitas pessoas que se salvam. Por exemplo: fico bestificado com homens que num incêndio se atiram nas chamas para salvar a vida de outros. Tenho a impressão que são estes gestos ocasionais do ser humano que nos fazem permanentemente acreditar e ter esperança.

– Cinquenta anos atrás, os críticos literários e intelectuais reclamavam que era difícil ou quase impossível ler tudo o que era lançado em termos de produção intelectual e literária. Hoje, em 1980, é totalmente impossível sequer o sujeito ter notícia de tudo o que está sendo publicado de importante. Isso quer dizer que o público de um escritor é em princípio um público limitado, ninguém escreve mais para toda a França ler, como era o caso do Flaubert... Toda a França eram dez mil pessoas.

Millôr – Ele, a mulher e a amante...

– Mas Millôr, como um escritor importante, como é esta questão do escritor que escreve para um público indefinido, bombardeado por uma intensa carga de novos lançamentos?

Millôr – Bom, outra pergunta complexa. Primeiro: é difícil respondê-la com toda a sinceridade. O nível de sinceridade com que a gente pode responder a uma pergunta é também muito complicado porque se deve responder ao nível total da sinceridade sem entrar num nível de insinceridade, que eu chamo de nível psicanalítico (a psicanálise é uma mentira total, você está fuçando coisas que não fazem parte da personalidade evidente, funcional, imediata e existencial da pessoa. A psicanálise é uma contrafacção e o psicanalista um contrafactor). Eu tenho que responder a você uma coisa que seja ao mesmo tempo honesta, sincera até bater naquele fundo inicial do psíquico. Uma vez eu descobri esta verdade que é uma verdade terrível: a felicidade é muito rasa, mas a dor, a angústia, não têm fundo. Quando você pensa que você bateu no fundo, é um fundo falso, e tem outro mais, e outro mais. A tortura; você está sendo torturado, pensa que se fodeu todo e diz assim "não vai doer mais do que eu aguento". Mas tem mais, é sempre um fundo falso. Então, quanto à sinceridade, você pode chegar a um certo fundo, só; vamos lá. A minha formação é de tal ordem que só mesmo à proporção que o tempo avança na minha vida – e eu faço coisas, e viajo pelo Brasil e conheço gente – percebo que atuei sobre as pessoas. Então eu tenho que aceitar um mínimo da minha influência. Mas essa ideia de me aceitar como escritor, como intelectual, é um negócio extremamente curioso para mim, porque eu sou um trabalhador braçal, eu comecei a fazer esse negócio para ganhar a minha vida. Mas à proporção que o tempo foi passando eu fui assumindo a minha própria liberdade, que é a liberdade da minha formação – que é inteiramente ocasional, e por isso, talvez, boa. Inteiramente ocasional, não existe uma formação profissional mais ocasional que a minha. E de repente, quando surge esta pergunta: "e o escritor? e isto e aquilo, qual é a importância do escritor?"...

Responder sobre isto é assumir que eu sou um escritor. E não sou. Escritor é o Josué Montello. Escritor é da Academia.

– Pois aí você toca o ponto. O que é a figura do escritor? É o mesmo que o Cervantes de quatro ou cinco séculos atrás?

Millôr – Você sabia que ele morreu no mesmo dia da morte de William Shakespeare? Evidentemente,

---

Porque se alguém chegar pra mim e disser: "Millôr, você é um reacionário", eu digo, vai pra puta que te pariu.

---

como a TV Globo não existia, os dois morreram sem tomar conhecimento um do outro. Faltava o Jornal Nacional.

– Imagina o que o Roberto Marinho não pagaria por esses necrológios. Mas voltando à pergunta. Tem a figura do escritor, é o cara que publica, lá pelas tantas, 200, 300 páginas. É diferente, por exemplo, do cara que escreve para o cinema, para a televisão.

Millôr – Sim, mas tem mesmo importância maior? Qual é a importância que o escritor tem, além da importância de um trabalhador normal, quem sabe um pouco mais classificado?

– É o cara que trabalha a cabeça dos outros. Você não acha que os caras que escrevem, por exemplo, Malu Mulher, *estão trabalhando a cabeça dos outros?*

Millôr – Ah! Acho sim. Mais do que muito escritor poderoso, pois eles estão fazendo o *Kojak* com pretensão sociológica, o *Planeta dos Macacos* com respaldo psicanalítico. Sim, porque se aquilo é a perspectiva da mulher, se aquela é uma mulher individualizada, liberada, eu sou o general da banda! Primeiro, porque você não pode fazer um seriado daqueles, pretendendo ser sério, com dezessete autores! Então, a Malu virou uma experimentadora sexual. Pra que ela seja maravilhosa, eles criam um pai e uma mãe como dois filhos da puta reacionários, tolos, opressores. Ora, numa circunstância normal, aquela mulher independente não veria tal pai e tal mãe há anos. Mas o que eles fazem? Em todo capítulo os pais estão presentes. Racistas, preconceituosos, contra até o uso de tamancos, mas sempre presentes, "pra motivar". O marido é outro mesquinho e reacionário também pra "motivar". Quer dizer, a sociedade toda é filha da puta, pena que a Malu seja extraordinária! Assim não vale! Outro dia eu vi o programa e *elas* – Malu e amigas – estavam pegando homem em bar! Aquilo se chama *pegar homem*, não adianta botar sociologia, não! Daqui a mil anos pode ser, mas hoje em dia a mulher que chega no bar e fica, "olha, aquele é o Dário, olha a mala dele, aquele outro é um tesão, etc." não tá com nada. E tem mais, olha que eu conheço bar, a Malu ainda se salva, mas as outras duas, pra bar são umas velhinhas! Não pegam ninguém! O pessoal vai botar pra fora. E todo um negócio errado, pra faturar. No fundo, a mesma contrafacção da mulher que te chama de machista e espera de você um comportamento de cavalheiro antigo. Porque se alguém chegar pra mim e disser: "Millôr,

Se você tem um metro e oitenta de altura, olhos azuis, você manda o Sartre tomar no dele com toda sua filosofia

você é um reacionário", eu digo, vai pra puta que te pariu. Mulher chama você de machista e espera que você diga, "não, minha senhora, não é bem assim e tal", tudo com muitas boas maneiras, bem século XIX, e ainda lhe apresente um boletim de bom comportamento. Mas não comigo. Eu estava uma vez na casa do F.G., numa mesa de jantar e havia uma senhora na minha frente. Aí ela disse: "Millôr, por que você é tão machista?". E eu disse: "E a senhora, por que é tão grosseira?". Ela gaguejou e disse: "Não, Millôr, eu sou sua admiradora e tal coisa, eu leio você sempre". Aí eu perguntei: "Então diz uma coisa aí que eu escrevi", e, naturalmente, depois de rebuscar minutos, ela respondeu: "O melhor movimento feminino ainda é o dos quadris". Vejam vocês. Eu escrevi cento e cinquenta mil frases, um dia escrevi essa, entre tantas. Escrevi esta frase e me esqueci. Mas parece que não fiz outra coisa a minha vida inteira! E parece que isto é uma ofensa à mulher! Mentira! Hoje mesmo eu estava lá no Hotel Laje de Pedra, em Canela, chegou uma moça pra conversar comigo e veio logo com essa frase. Aí eu disse, "senta aí". E expliquei: "Olha, minha filha, a vida é um ato físico. É um ato físico, e tudo o mais é mentira. Uma pessoa que está saudável fisicamente, e mulher, sobretudo, tem um período, o chamado horário nobre, que é um negócio maravilhoso. São pouquíssimas que têm esse horário nobre, e, como são pouquíssimas, a frustração das outras tenta negar isso. Mas tem. Aquela hora em que 'o melhor movimento feminino é o de quadris'. Lamento muito se é um privilégio de poucas. A Capela Sistina também é capacidade de um só mas é um dos picos do ser humano." Bem, eu estava pensando naquela mulher de Ipanema que de repente dorme menina e amanhece mulher. Todo ano tem uma safra nova, um negócio lindo, matinal, maravilhoso. Como negar isto? Continuei falando: "Olha, moça, pensa só, você, agora você está jovem, saudável e tal, mas pensa amanhã você perder um dedo mindinho, não digo mais não, só um dedo mindinho. De amanhã em diante você vai procurar esconder o dedo, vai ser um puta problema, a sua vida vai ser centralizada na falta do dedo". Espantoso como as pessoas negam uma realidade essencial. Se você tem um físico bem-dotado, se você tem um metro e oitenta de altura, olhos azuis, cabelo dourado e tudo isso, você manda o Sartre tomar no dele com toda sua filosofia, entendeu?

Eu como homem, eu não tinha um filho por menos de 100 mil dólares suíços! Nove meses com aquele negócio na barriga. Deus do céu!

O Sartre gostaria muito de ter um metro e oitenta, olhos azuis, ou pelo menos os dois olhando pro mesmo lado. Essa é a verdade. Negar isso é uma falta de realismo absoluto. Mas essa frase aí, o que me chateiam!... As pobres coitadas: imagina se eu vou fazer campanha contra mulher. Imagina se eu sou contra reivindicação de mulher. Eu sou é contra o bestialógico de Betty Friedan e Rose Marie Muraro, aí eu não aguento! A Betty Friedan não resistiu naquela entrevista do *Pasquim,* e depois elas ficam invertendo o negócio. O que eu fiz simplesmente, está lá, na entrevista, foi dizer a ela: "O seu livro não tem objetivo". Ela aí confessou: "Não, realmente, o meu livro eu sei que não tem objetivo, acontece que nós não tínhamos experiência". Eu disse: "Acontece que o seu movimento também não tem objetivo (*Women's Liberation has no goal, too)*". Aí ela disse: "Ah, mas o meu movimento não se chama *Women's Liberation*, é 'movimento do ser humano', *for the Human being*". Aí eu disse que era muita pretensão, ninguém jamais conseguiu resolver e de repente vocês estão pensando, antes dos próprios problemas, que vão resolver o problema do "ser humano"? "Pelo que sei do seu movimento, vocês andavam queimando sutiã em praça pública, e ser humano não queima sutiã, quem queima sutiã é mulher!" Ela gritou:*"it is a lie, it is a lie!"*. E eu disse que eu vi as fotografias, e a gente sabe, em imprensa, que ninguém adultera terceiro plano. Aí ela se perdeu, começou a chutar a mesa berrando: *"Fuck you! Fuck you!"*. Que culpa tenho eu? Eu estava discutindo racionalmente, imagina se eu, com a minha formação, tenho alguma coisa contra reivindicação de quem quer que seja. Há uma coisa que aprendi com a Igreja Católica – quem diria, hein? –, quando a Igreja Católica começou a perder a parada para a ciência o Pio XI resolveu a coisa com uma declaração perfeita: "A Igreja cederá à ciência tudo que esta legitimamente reivindicar". *Legitimamente*, um advérbio perfeito! É exatamente isto, você deve ceder tudo o que for *legítimo* ceder. Porque o resto é só esquizofrenia. Vem uma e diz assim: "Maternidade não existe mais". Perfeito, não existe mais, não quer mais, é isso? Então vai ficar com o lado pior da feminilidade – regras sem objetivo. A estrutura feminina foi feita para a maternidade. A maternidade é, continua sendo, vai ser sempre um supremo trabalho de criação. Tudo aquilo que o macho procura é a eternidade através da sua criação, que é exterior a ele, e no entanto é uma qualidade natural na mulher. Uma das grandes frustrações do homossexualismo é o orgasmo no vácuo, o homossexualismo não reproduz nada. A mulher tem este trunfo sobre o homem, inacreditável. Olha, eu como homem, eu não tinha um filho por menos de 100 mil dólares suíços! Nove meses com aquele negócio na barriga. Deus do céu! Só a estrutura biológica maravilhosa da mulher produz esta inacreditável vontade de ter. E quando a mulher abdica disso, ela vai ficar somente com a coisa negativa, a menstruação, que é uma chateação, é um erro da biologia – eu faria uma mulher muito mais livre, sem isso! Negando a maternidade, a mulher começa a negar outras coisas essenciais. De repente, não quer aceitar certas limitações que lhe foram dadas como contrapartida desse fator supremamente criativo. Não é que ela tenha que ser como antigamente, há 2.000 ou 30 anos. Não! Hoje pode tentar tudo! A tecnologia já a libertou – às ricas – de inúmeras limitações – e isso não é inferioridade – e portanto tem que aceitar também certas limitações, pois, além da maternidade, ela tem outro trunfo, que é a sua superioridade sexual. Se ainda tivesse mais coisas, a mulher seria um super-homem. Repito: a mulher é absolutamente superior sexualmente. O fenômeno da impotência é um fenômeno que está na estrutura do macho. O fenômeno da impotência é que cria a chamada bravata masculina. Então, quando se censura o homem por se vangloriar de proezas sexuais, está se condenando uma coisa que tem uma estrutura básica real. Olha aqui, um homem que come três mulheres numa noite é realmente um cara do diabo. Me diz uma coisa: qual é o feito de uma mulher dormir com três homens? Qual é a vantagem? A promiscuidade sexual do homem é muito relativa. A possibilidade de promiscuidade sexual no homem é muito pequena – na mulher é total! Ela pode se promiscuir com a maior facilidade! Mas, veja bem, nada disso é negativo, nada disso impede a mulher de reivindicar o que ela queira, *legitimamente*. Até certas coisas que ela fará mediocremente, perfeito, pode e deve fazer. O que não pode é fazer de suas frustrações um elemento de reivindicação na luta feminista, porque a frustração

---

E eu não quero viver num mundo em que não se possa fazer uma piada, mesmo de "mau gosto".

– isso é um negócio muito sério – é um elemento importantíssimo e fundamental na luta social. Mas é um elemento negativo e prejudicial se a mulher joga contra o homem a sua frustração. Ela tem que jogar a sua frustração contra a sociedade. Mas, cuidado, mesmo com relação à sociedade, quando você diz que ela há 10 mil anos foi sempre de homens você está falcatruando tudo; é mentira! A mulher participou de todas ou pelo menos da maior parte das sacanagens dos homens. O maior império de todos os tempos foi o Império Britânico, onde o sol nunca se punha. Só entre a Rainha Vitória e a Rainha Elisabeth, tem cem anos de domínio da mulher. Agora – por que estas mulheres não promoveram a mulher? Não é meu problema responder. Mas a possibilidade esteve sempre aberta! Em Israel, nos tempos modernos, a Golda Meir pegou o país no pior momento, não digo no momento crítico, pois aquilo lá sempre foi crítico, há dois mil anos. O H. G. Wells dizia que aquilo é uma encruzilhada histórica; "Fazer um país ali é o mesmo que um bêbado cismar de dormir toda noite numa encruzilhada". Você pega a Indira Gandhi, e inúmeras outras mulheres, desde a mitologia (pra cada deus calhorda há uma deusa calhorda), e verifica que a sociedade nunca foi domínio, senão parcial, dos homens. Hoje, os meios de comunicação estão dia a dia sendo dominados pelas mulheres, você sabe disso. Você pega estas faculdades todas, de comunicação, são trinta mulheres para dez homens. As de Medicina já são frequentadas por 50% de mulheres. Mas no momento em que o Ziraldo faz uma piada com elas, como é que elas reagem? Escrevendo um artigo e desmoralizando o cara? Não, vão na casa dele, no escuro da noite, como se ele fosse um criminoso e picham a parede dele: "O Doca Street do humorismo". É de uma bestice social e política inacreditável! Eu morro de vergonha por elas. Você tem que pixar a parede do Fleury, do Figueiredo, do Erasmo Dias. O Ziraldo é só um jornalista exercendo o direito da sua profissão. E eu não quero viver num mundo em que não se possa fazer uma piada, mesmo de "mau gosto". Percebeu a máfia do grupo entrando de novo em nossa entrevista?

– Você não acha que no Brasil, hoje em dia, as pessoas estão com o cacoete da clandestinidade?

Millôr – Todo movimento subterrâneo aspira vir ao sol. O movimento é subterrâneo pela sua própria condição ocasional. Na verdade ele não quer ser subterrâneo, ele quer dominar o poder. No Brasil, ocorre um fenômeno curioso. O Brasil é o único lugar do

---
Eu não faço concessão, eu faço lá a minha peça de teatro, mas depois que eu fiz eu gosto que num teatro de 500 lugares haja 520 pessoas.
---

mundo em que o cara está no poder e quer ser subterrâneo. É verdade! O cara está muito bem sucedido e tal, mas quer ser subterrâneo! Você encontra isso em arte e, sobretudo, em teatro. Você encontra isso muito em política, as pessoas têm possibilidade de combater o regime frontalmente com muito mais eficiência, mas preferem fazer um MR-2*, qualquer coisa de super-herói. Eu não sei se vocês estão de acordo comigo,

---
* Millôr se refere às siglas dos movimentos revolucionários clandestinos nas décadas de 70 e 80. (N.E.)

mas pega o Kafka, o Augusto dos Anjos, o Jackson Pollock, até o Gauguin. O cara não está bem dentro da sociedade (não está vendendo), e ele não está marginalizado porque ele quer. A aspiração dele é fazer sucesso, a ambição dele é chegar *agora*, ele quer chegar "lá" mas, claro, dizendo o que bem entende. Então – como não o aceitam –, ele vira maldito, não é verdade? Vira maldito porque ninguém o entende; mas ele *quer* ser entendido. O Van Gogh queria vender um quadro de qualquer maneira, porra! E as pessoas não compravam. Também, ele não ia pintar o retrato da madame aquela, porque não era a dele. Outro dia eu vi um negócio que me impressionou, o pessoal está maluco dizendo que o Nelson Rodrigues é um escritor maldito. Escreveu a vida inteira para a *Manchete*, para o *Globo*, fez Suzana Flag, fez sempre o jogo do poder, que história é essa? Como é que é escritor maldito?

– *Tem o Lima Barreto.*

Millôr – Sim, claro, o Lima Barreto! Exatamente. Ele é maldito porque é, porque queria dizer coisas que a sociedade não estava aceitando. E se você não faz o acordo com a sociedade, e se você não entra para a agência de publicidade, já sabe... Teve um cara sensacional, um alemão chamado George Grosz, da geração do Brecht, um desenhista extraordinário, pintou um pouco, mas sempre foi mais desenhista. Ele retratou toda aquela burguesia pré-nazista, e, quando o nazismo começou a dominar a Alemanha, ele se mandou porque não havia mais condições de fazer nada em seu país. Foi pros Estados Unidos. Ele conhecia algumas

Não há coisa mais velha que a vanguarda de antes de ontem.

pessoas, conhecia o Brecht, aquele grande safado que era o Brecht, um gênio do truque – talento à parte, evidentemente! – que tinha uma capacidade de simular que Grosz não tinha. Por isso, Grosz fracassou redondamente nos Estados Unidos. Um dia eu estava em Los Angeles e vi uma exposição dele. Uma exposição que eu achei maravilhosa; muitos anos depois eu fui ler a sua biografia e fiquei sabendo que aquela foi a única exposição que ele fez na América, onde ganhou 3.500 dólares. Fez tudo quanto é concessão, mas não conseguiu triunfar de jeito nenhum para readquirir o *status* que ele tinha na Alemanha. Virou maldito, apesar de todo o esforço em contrário. Caiu no alcoolismo e um dia estava em casa bêbado, numa casa modesta em que ele vivia, levou um tombo, bateu com a cabeça no cimento e morreu. Nesta biografia de Grosz, a uma passagem em que chega um cara na casa dele, vê um quadro e diz assim: "Que quadro bonito esse seu, hein!?" e ele responde: "Não é não, é uma merda: quadro bonito é quadro vendido". Essa é a aspiração do artista, ser aceito! Eu juro a você, eu não faço concessão, eu faço lá a minha peça de teatro, está lá o que eu quero. Mas depois que eu fiz eu gosto muito que num teatro de 500 lugares haja 520 pessoas. Enche muito o meu ego. E o de qualquer ser humano.

– Ainda a respeito deste assunto. A Hannah Harendt escreveu um livro chamado, numa tradução livre, Homens em épocas difíceis, *ou* Homens em épocas sombrias, *em que ela pega o Ernst Bloch, o Brecht, a Rosa de Luxemburgo e parece que o Walter Benjamin e ela defende a tese de que este pessoal, e fundamentalmente no caso de Benjamin, do Brecht e da Rosa, estes caras foram sufocados pelo Partido. A organização a que eles pertenciam sufocou o seu talento. No caso do Brecht, você concordaria com isto?*

Millôr – Pelo que eu sei, não acho. Eu acho que o Brecht é um talento realizado até o limite do possível. Muito pelo contrário, eu acho que ele usou muito toda a coisa partidária. Agiu com um individualismo selvagem (não confundir com o individualismo contrário, que, justamente, não abdica de suas responsabilidades). Usou e como sempre acontece foi, dentro do grupo – todos são, e isto eu afirmo com toda a tranquilidade –, fascista. Brecht usou de todos os recursos e de todo mundo pra se realizar. O negócio é esse: se os outros se realizarem, muito bem, mas de preferência "o gênio" vai se realizar.

– Então ele é um sujeito perfeitamente capaz de sobreviver dentro da instituição.

Millôr – E sobreviveu! Eu me lembro, acho que era 1956, eu estava na Itália. Foi mais ou menos no ano em que ele morreu e o Sthreller tinha levado a *Ópera dos três vinténs*. Aquele espetáculo do Sthreller, que é um craque, um negócio bem realizado e tal, mas bem sentimental, bem italiano. O Brecht, que era todo

---

Existe este paradoxo muito grande, às vezes ocorre que existe num cara essa faixa única de talento que é genial e tudo o mais é imbecil.

---

distanciamento – que aliás em alemão é *estranheza* –, chorou no espetáculo. Se emocionou pra burro com aquele espetáculo sentimentalão. E por falar em distanciamento, não existe "distanciamento" com aspas em teatro. O teatro é um espetáculo que te deixa naturalmente *distanciado*. Você está sempre vendo que é a Fernanda Montenegro que está entrando em cena. Você não consegue perder a perspectiva, não digo nem a perspectiva crítica, mas a real. Precisa haver um momento de gênio em teatro para, durante dez minutos, você esquecer que está num teatro. Não tem "distanciamento", é mentira. Tem sempre distanciamento, ao contrário, no cinema. Quinze minutos depois que começou o bang-bang, realmente você esquece. Você perdeu todo o distanciamento. Passou 10 minutos com soco, tiro, morte, sangue e quando você vê, tá "lá dentro". Agora, teatro não tem, o que Brecht preconizava era o "fator estranheza", você criar atitudes que são incompatíveis com o que estava acontecendo. Aquela coisa, de repente entrava um homem elegante que não era elegante, estava todo pintado de branco. Hoje isto já foi imitado tanto que quando eu vejo um homem pintado de branco, tenho vontade de rir. Não há coisa mais velha que a vanguarda de antes de ontem.

– O Vargas Llosa faz uma contestação ao Brecht. Ele diz que o Brecht era um cara progressista, mas tinha dentro da obra dele todo um esquema mais ou menos rígido: uma mensagem que pressupõe um espectador que só tem uma saída, que é justamente aceitar esta mensagem; por outro lado, um cara como Flaubert, teoricamente um reacionário para a sua época, coloca as coisas tentando explorar uma reação do leitor, é mais neutro, dá, digamos assim, mais "liberdade" ao leitor, que pode se posicionar livremente diante do texto enquanto Brecht pressupõe uma adesão prévia.

Millôr – Olha, o Flaubert é uma parada. Não adianta rotulá-lo de reacionário. O próprio Sartre que rotulou o Flaubert de reacionário passou anos estudando a sua obra. Mas sua atitude intelectual é aristocrática, o acabamento da obra do Flaubert é aristocrático: escreveu uma coisa para ser definitiva, acabada, naturalmente destinada a uma elite, da sua própria época e da posteridade. Não sei (não li muito ele) se dá tal "liberdade" ao leitor. Quanto a Brecht, com todo seu talento, é essencialmente um demagogo, está sempre buscando um efeito de massa que é demagógico, porque ele sabe que tem uma cobertura (aí vem, de novo, a máfia), que tem pessoas, teóricos, partidários que vão dizer que todo aquele enunciado dele é um enunciado definitivo para a solução de todos os problemas (estéticos, ou não) da humanidade. Eu sinto no Brecht um elemento de alta demagogia, com todo o gênio que ele tenha. Artisticamente isso não invalida...

– *Artisticamente...*

Millôr – O negócio artístico é outra história. De repente você pode ter irritação com o Nelson Rodrigues, e numa daquelas "besteiras" dele, de repente você morre de rir e ele está certo. A maneira de enunciar está certa. Olha as artes plásticas, que é um tema aparentemente menos conflitante. Você pode ter a maior antipatia pela atitude política, social e até existencial de um cara, aí você vai ver a pintura do cara e você baba de admiração. Ele te atinge com todo o impacto. Existe este paradoxo muito grande, às vezes ocorre que existe num cara essa faixa única de talento que é genial e tudo o mais é imbecil.

– *Nisso se insere a afirmação de Graham Greene, chamando Shakespeare de reacionário?*

Millôr – Bom, no período dele é outra discussão, mas se você vê hoje, Graham Greene tem toda razão.

Eu traduzi já *A megera domada*, *As alegres comadres de Windsor* e agora *O Rei Lear*. Tirando o gênio, Graham Greene tem razão. O bardo queria era comprar aqueles terreninhos lá em Stratford-On-Avon. E já trabalhava para a TV Globo, não se esqueça disso! O teatro dele era "The Globe", e, claro, fazia tudo para agradar a corte. Mas o gênio é gênio, chega por todos os caminhos. O cara amanhã pode ser lamentavelmente um Fleury* e ao mesmo tempo ser um puta poeta lírico. O ser humano – não só o gênio – é inacreditável. O Costa-Gavras, quando fez o filme sobre o Dan Mitrione (*Estado de Sítio*), confessou que ficou fascinado pela figura do Dan Mitrione. A figura do cara bonitão, simpático, que tem uma porção de filhos. O cara levanta de manhã, se veste todo, se perfuma, toma café com os 10 filhos, pega o carro e vai para o trabalho ensinar tortura. O ser humano é um negócio assustador e fascinante.

– Tem uma parte no livro Estado de sítio *onde aparece claramente a admiração que os guerrilheiros criam por aquela figura que consegue ser ao mesmo tempo simpática, firme e extremamente canalha. Uma hora um deles pergunta mais ou menos assim: "E agora, o que nós devemos fazer com você?". E ele responde: "Vocês devem me fuzilar...".*

---

* O delegado Sergio Fleury (1933-1979) foi figura emblemática da repressão durante a ditadura militar, sendo acusado de ter torturado e matado dezenas de presos políticos. (N.E.)

Millôr – Lembrei agora de uma coisa. Há pouco a gente falava do Vargas Llosa. Eu me lembrei agora de um artigo dele excelente, que vocês publicaram no volume 4 da *Oitenta*, onde ele analisava o processo estudantil. Diz uma coisa: por que vocês fazem uma nota de pé de página, no final, esculhambando o cara? Aquilo não é sério, porque tudo que é nota que vai abaixo de um artigo deve ser uma nota neutra. Se for neutra pra todo mundo, deveria ser neutra pra ele também. De repente você põe a ex-mulher esculhambando com ele, dizendo que ele não é mais o mesmo e tal. Ou você achou simpático o artigo e quer neutralizar a oportunidade pura e simples de discutir o problema estudantil, o problema universitário, chamado revolucionário?

– Nós achamos que deve ser discutido. Agora eu acho o seguinte: pode ter sido uma escolha infeliz, mas aquela declaração da ex-mulher dele coloca toda uma...

Millôr – Mas pera aí! Uma declaração, pelo que eu sei, de 22 anos atrás. Referente a ele com 22 anos menos. Ele é um homem de 50. Ela está falando de um homem com quem ela casou quando ele tinha 19 anos e separou-se com 28. Quando eu leio o artigo dele, que eu achei muito lúcido, e eu leio a nota embaixo, entendo assim: "Olha, não levem este cara a sério, porque ele é um filho da puta!". A nota quer dizer isto. É ou não é?

– Esta nota talvez não conte com a aprovação de todas as pessoas, nem dentro da própria equipe da revista. Mas foi inspirada numa questão conjuntural. O artigo não contou com a aprovação da equipe, quanto ao seu mérito. Mas ao mesmo tempo se achou importante a questão que se coloca. O que ocorre é que vários artigos que são publicados aqui não dizem exatamente o que nós, pessoalmente, queremos ouvir. Agora, esse artigo é um artigo bem feito, inteligente, mereceu ser publicado porque de certa forma vai iluminar a discussão que existe na área. O problema da nota, repito – pode ter sido infeliz –, está ligado ao momento em que ela saiu, ou seja, um momento de alta crise na universidade brasileira. Acho que ele coloca coisas justas, mas que adaptado ao contexto brasileiro pode ficar totalmente falso.

Millôr – Você viu aquele filme, Os cadáveres ilustres?

– Vi.

Millôr – Bem, você viu o filme. É sempre aquela proposta revolucionária, aliás, fizeram um filme exatamente com a mesma temática, muito mais modesto, mas muito melhor como estudo do terror social urbano. E aquele filme com o Gian Maria Volonté chamado Ho Paura. O *script* é perfeito. Então você vê a minha posição...

– *Sem querer interrompê-lo, eu queria dizer o seguinte. Mesmo eu, o editor do texto, o autor da ideia da nota, no momento em que vejo a revista impressa eu posso até estar de acordo contigo...*

Millôr – Tudo bem, eu sei. Acontece que você corre o risco de cair no negócio – aí você vai ficar envergonhado –, do Francelino Pereira*, do casuísmo: "No momento, não interessa isto...". Porque é

Agora, este negócio de hippie dizer que vai destruir a família é besteira; a família é um nódulo eterno.
---

uma questão de momento, pois o Vargas Llosa está dizendo uma coisa que é verdade, discutível ou não, é verdade. É merecido de ser publicado, conforme você mesmo disse, pois ele é um homem honesto e brilhante e pode discutir um problema social com a profundidade devida. Eu falei do *Cadáveres ilustres* porque tem aquela frase final, quando se pensa que a coisa vai ser esclarecida e não é, pois o personagem diz simplesmente: "A verdade nem sempre é revolucionária". Uma monstruosidade ideológica.

---

* Deputado governista líder da Arena, partido que dava sustentação política à ditadura militar implantada em 1964. (N.E.)

– "A verdade é sempre revolucionária" é a frase do Gramsci.

Millôr – Pois é. E eu sou a favor desta. A mim não me interessa nenhum pragmatismo, nenhum casuísmo. Se disserem: "Vão morrer mil criancinhas". Eu digo: "Eu não sei se vão morrer, você é que está dizendo", eu vou dizer a verdade, eu vou dizer o que estou pensando. Tá certo, se de repente você tivesse a certeza mediúnica de que iria prejudicar a universidade brasileira, calaria para todo o sempre. Mas essa certeza só têm os fanáticos. A gente tem que publicar o que acha: *sem casuísmo*.

– Só um momento, Millôr, a coisa não foi tão aleatória como está parecendo. Existe – pode até estar errada – uma proposta editorial aí. Porque justamente na época em que chegou o artigo, coincidentemente, foi publicada aquela declaração da mulher. Não foi uma coisa publicada só pra sacanear.

Millôr – Eu sei. Eu não quis dizer...

– Eu estou inteiramente de acordo contigo, em alguns aspectos, mas a revista tem uma posição. Oitenta não pretende se prestar para ser instrumento de...

Millôr – Manipulação.

– Sim, pretende ser um instrumento de debate, amplo, aberto. Do centro à extrema esquerda, ou, quem

sabe, caras brilhantes de direita. Agora, como tudo e como todos, nós também temos os maus momentos... De fato, foi uma coisa que no começo a gente fez pensando mais no ponto de vista do humor e da gozação não destrutiva, mas que, no final, pode ter soado como piada em velório: fica todo mundo te olhando. Enfim, de qualquer forma, esta discussão serve para confirmar aquilo que, de resto, é uma proposta nossa: a diversidade de opiniões. Nós, aqui dentro, muitas vezes discordamos

O cara que salta do centésimo andar e ao passar pelo oitavo ele diz: "Até aqui tudo bem". A vida é isso...

e temos um sincero apego às nossas discordâncias, pois elas constroem uma estrutura aberta de publicação. Eu, pessoalmente, concordo inteiramente com o Vargas Llosa. Eu tenho uma posição extremamente crítica em relação a este problema.

Millôr – A qualquer problema. Sabe o que eu faço em relação a um problema? A tendência, evidentemente, é às vezes você parecer reacionário. Você destrói o problema: a família, por exemplo, você discute, discute, esculhamba e tal. Mas olha, eu cheguei a uma conclusão: neste negócio de família você pode fazer qualquer sacanagem, ou melhor, deve fazer qualquer sacanagem contra a família porque a família é indestrutível e na medida em que você faz sacanagem contra a família você a liberaliza. Agora, este negócio de hippie dizer que vai destruir a família é besteira; a família é um nódulo eterno. Você destrói uma forma, cria outra! E agora, eu às vezes me pergunto – a propósito do artigo do Vargas Llosa que saiu na *Oitenta* nº 4 –, quando é que os estudantes vão começar a estudar? Veja bem que eu sou um liberal. Admito até que haja um núcleo de estudantes, um percentual de estudantes, cujo temperamento, cuja aptidão os levará à vida política. Então esses, no ato de fazer o diretório, a promoção política, a luta política, já estão até se encaminhando numa vida que é saudável e fundamental para a comunidade. Mas não é correta a atitude desse grupo, que geralmente é minoritário, como aliás todo grupo é minoritário, começar a forçar os outros a uma atividade política permanente que...

– *Um antileninista por excelência...*

Millôr – ... que não se compatibiliza com eles, porque eles querem estudar o quê? Eles querem estudar a dinâmica, sei lá, da física... o cansaço dos materiais, este tipo de coisa. Vai chegar um certo momento em que a política na universidade terá de ser compatível com a possibilidade de continuidade do estudo, isto se nós vivermos mais uns mil, mil e quinhentos anos...

– *A gente tem feito nesta conversa e antes, quando era apenas um papo, sem gravação, grandes projeções temporais. Millôr, você se considera um otimista?*

Millôr – (*Pausa*) É uma pergunta difícil. Olha, eu acho... Eu dou como ilustração da vida o seguinte: o cara que salta do centésimo andar e ao passar pelo oitavo ele diz: "Até aqui tudo bem". A vida é isso...

– *A verdade é que isso justifica tanto Stalin como Hitler.*

Ele está conversando e dá um tapinha sem se importar, de sacanagem, aí ele matou o Zé Onofre, o Lima, o Millôr, matou todo mundo, entendeu? E nem percebe.

Millôr – É... mas justifica também o Sartre...

– *Se nós ficamos grudados na conjuntura, não temos escapatória. Nós temos que entender o criminoso do momento.*

Millôr – Tem que entender. Há um bloco, vamos dizer assim, de criminosos, há um bloco de ações, digamos assim, de 80%, que são provocadas pela estrutura, aí sim, pelas forças de produção, por tudo que existe já estruturado: o sistema. Mas existem 10 ou 20% na vida do indivíduo (e na história) que são totalmente ocasionais, e que produzem realmente o grande efeito. Vou te contar uma história. Você soube há pouco tempo de um cara chamado... o nomezinho dele é muito simpático, chama-se Romanoff. Você conhece este nome. Um sujeito de 57 anos. Isto saiu em todos os jornais e revistas do mundo. Romanoff, vê só: você vai crer que este sujeito, com este nome, hoje, é um cara amaldiçoado na União Soviética. Pois é membro do Politburo! O mais jovem, porque a média lá está em 70 anos. Agora, você imagina a habilidade individual deste sujeito, chamado Romanoff, para chegar ao Politburo. E aí, outra vez vem aquela história do "homem novo". Apesar de se chamar Romanoff, ele já nasceu no comunismo, ele é um "homem novo" mas luta, perdão, burguesmente, pra "chegar lá" e, burguesmente, casa a filha e dá uma festa de casamento. Usando o seu poder, ou o seu poder de corrupção, como em qualquer país burguês se usa, ele foi ao *Ermitage* e mandou trazer a louça do *Ermitage*, terrinas, taças, copos, etc. Até aí tudo bem, o cara poderoso faz o que quer em qualquer regime. Mas, na festa, quando chegou a hora da saudação, do brinde, um dos convidados, inadvertidamente, deixou cair um copo! Deixou quebrar, mais ou menos, um apartamento da Vieira Souto! Aí então os convidados todos (parece até anedota) pensaram que era a velha cerimônia nupcial revivida e quebraram todos os copos! Pergunta se este cara não caiu em desgraça agora? Pergunta se isto não é um fator ocasional da história, como inúmeros outros? Tão ocasional quanto o fator biológico de Napoleão ter 1 metro e 55 de altura. Que é que ele podia fazer? Olhar-se no espelho e dizer: "Eu vou foder todo sujeito que tiver mais de 1 metro e 55".

– Muita coisa do que você falou e a gente conversou aqui, principalmente no que diz respeito a postura intelectual, lembrou o Anthony Burgess. Evidentemente que numa versão muito mais alegre, ou carioca, melhor

A grande proposta da vida é a proposta do fracasso. Você não tem outra finalidade senão a morte. Nasce caminhando para o fracasso.

dizendo. Seria a velha Inglaterra em contraposição com o Rio de Janeiro. Mas enfim, muita coisa lembrou o pensamento do Burgess, sem, evidentemente, aquele ranço católico, cristão e tal...

Millôr – Coisa que eu nem sei o que é.

– Eu fico imaginando que o Burgess pode ser o teu escuro. Ele é um cara que faz um certo tipo de humor, pois não tem livro do Burgess que você não consiga rir. Agora, ele te encaminha diretamente para o abismo.

Millôr – Você disse bem quando falou em lado escuro. Outro dia eu li um artigo sobre este último livro dele, *Earthly Powers*, onde ele diz uma coisa curiosa: "Eu nunca na minha vida comi uma mulher inglesa; e agora já é tarde". Ele é inglês! Naquela relação dele com a mulher, ele de repente caiu anos no alcoolismo. É todo um processo que eu, por sorte, não atravessei. Tudo é sorte! O meu negócio é ao contrário; eu não sou místico, mas sou metafísico. Eu não creio no *Mactub* dos árabes, eu não acho que tenha porra nenhuma escrita. O negócio é de um ocasionalismo inacreditável. É o tal negócio, Deus faz assim (*dá um tapa na mesa*) e mata um milhão de pessoas. Não tenha dúvida, ele está conversando assim, e tal, e dá um tapinha sem se importar, de sacanagem, aí ele matou o Zé Onofre, o Lima, o Millôr, matou todo mundo, entendeu?

Quando eu acordo e vejo aquele puta céu de Ipanema e eu corro na praia, isto me faz extremamente feliz.

E nem percebe. É um negócio inteiramente ocasional. Por que eu estou aqui hoje? Por que estamos reunidos aqui hoje? Tira que isso seja uma determinação social, tudo isso, os fatores metafísicos estão muito acima do social. Inclusive hoje lá em Canela, quando o Ivan foi me buscar, eu podia ter dito: "Não vou agora, não". O Ivan não ia dizer nada, ele até ficava lá comigo...

– *Tinha até uma bela partida de snooker esquematizada...*

Millôr – Mas, voltando ao Burgess. A comparação eu considero muito honrosa, porque ele é um craque, e justamente no setor que eu mais aprecio, que é o uso da palavra. Ele usa a palavra de uma maneira inacreditável. Bom, acontece que ele é um pessimista e tem toda a razão de ser. Eu não tenho nenhuma razão para ser... pessimista. Eu sou otimista. Eu só não sou otimista...

– Você está respondendo aquela pergunta que você disse que era difícil de responder...

Millôr – Eu só não sou otimista na "corrida longa" porque tem aquela coisa do *Echec*... o negócio sartriano: toda proposta é destinada ao fracasso. E a maior proposta é a própria vida. Então a grande proposta da vida é a proposta do fracasso. Você não tem outra finalidade senão a morte. Nasce caminhando para o fracasso. No resto também, se você cumprir 30 ou 40% de qualquer projeto, você é um cara altamente bem sucedido. Projeto social, projeto econômico, projeto técnico...

– Com isso nós justificamos o Estado?

Millôr – Não, o Estado não entra. O Estado... vá lá, entra tudo, tudo é complexo. Agora, na minha felicidade pessoal o que entra mesmo é a metafísica.

– Não querendo conduzir a conversa a uma interpretação de que você seja um conformista. Mas admitiremos então o seguinte, que o malogro de 60%

dos projetos humanos ainda está dentro de uma contabilidade razoável. Isto vale para o indivíduo e deve valer para o Estado. Você elimina que o indivíduo fique cobrando do Estado a perfeição.

Se de repente não tiver mais ninguém pra conversar, eu fico conversando com a cozinheira até as 4 horas da manhã, para mim está sempre tudo muito bem.

Millôr – O Estado está fracassado definitivamente. O Estado não existe, o Estado já fodeu com 70% da humanidade. Nós temos hoje, em números absolutos e relativos, você sabe disso, mais miseráveis do que em todos os tempos. Claro, se fosse só em números absolutos, você diria: "Claro, em Roma tinha 10 mil miseráveis, hoje tem 100 mil". Mas em números relativos também, se o mundo tinha 50% de miseráveis, hoje tem 90%. Então vamos esquecer o Estado e vamos entrar na metafísica, a possibilidade de um indivíduo atravessar a vida, o *span of life*, o período que lhe foi dado a viver, que hoje no Brasil é 61 anos, em Roma é 82. Entrando nos fatores ocasionais considero que eu devo já ter terminado, como brasileiro, a minha média de vida; posso viver mais 5 anos, ou mais 10 ou mais 20, mas já estou no lucro. Enquanto eu estou vivo eu tenho também uma glândula que me faz feliz, uma glândula *otimista!* Não foi a sociedade que me deu isso! Quando eu acordo e vejo aquele puta céu de Ipanema e eu corro na praia, isto me faz extremamente feliz. Por exemplo, o meu trabalho: agora eu estou traduzindo o *Rei Lear*. De repente eu comecei a me chatear com o negócio e tal, mas também descobri a Aventura, que não tem nada a ver com o negócio;

"Livre como um táxi". Não pode ser mais breve, e é uma frase que tem todo um sentido complicadíssimo.

---

eu mergulhei no século XVI e concluí que só eu no mundo, ou pelo menos no Brasil, estou fazendo isto. A gente começa a entrar naquele negócio de descobrir as palavras, o enunciado das palavras, o que é que elas queriam dizer há 400 anos, aquelas coisas todas. Então a pessoa que tem este temperamento, que é capaz de correr na praia, de gostar, de gostar intensamente, veja bem, não é só sexual, não, de gostar intensamente da sua relação com mulher, bom, essa pessoa está noutra. (Se as feministas soubessem como eu gosto de mulher *totalmente*, elas viriam aprender comigo.) De gostar da minha relação puramente dinâmica. Olha aqui, eu estava dizendo aqui no começo da noite, quando alguém perguntou onde nós íamos, eu falei, "olha, não vamos sair daqui, não. Vamos ficar conversando aqui, e se de repente não tiver mais ninguém pra conversar, eu fico conversando com a cozinheira até as 4 horas da manhã, para mim está sempre tudo muito bem". E, se você tem esta possibilidade de vida, você não pode ser senão otimista em relação à vida. Mas esta posição, este sentimento, tem muito menos a ver com a sociedade em que eu vivo do que com a metafísica que me dirige. O meu câncer pode começar amanhã de manhã e o meu atropelamento pode ser daqui a meia hora e ninguém controla isto.

– É o seguinte, Millôr, quanto ao seu método de trabalho: quando você trabalha um texto, as coisas saem mais ou menos prontas ou é uma lenta confecção, assim de voltar, mudar, burilar, refazer?

Millôr – Nem pronta, nem lenta. Em geral eu escrevo uma vez. Eu escrevo muito mal à máquina, escrevo numa máquina IBM, eu escrevo uma vez e depois corrijo intensamente à mão e aí está pronto, de modo geral. Agora, cada trabalho é uma coisa. Aquelas frases que eu faço na *Veja*, por exemplo. Olha, de vez em quando eu corrijo umas vinte vezes. Em geral, se uma frase tem quatro palavras e eu posso fazer com três, eu corto a quarta ou junto duas numa só. Descobrir esta síntese me dá uma grande satisfação; fazer aquele negócio enxuto. Tem uma frase de que eu gosto muito, é: "Livre como um táxi". Não pode ser mais breve, e é uma frase que tem todo um sentido complicadíssimo. "Livre como um táxi." Aí então você não tem mais o que corrigir. Agora, no meu texto eu não mexo mais, porque aí também não há tempo. Mas se eu vou reeditar, eu corrijo. Se eu tivesse tempo, o meu sentimento é que a técnica seria mais perto do Flaubert. Porque cada vez que você corrige, cada vez você acha que ainda está errado. E a verdade é que cada vez você melhora. Quando você tem aquele sentimento da palavra que a gente tem, você começa a ficar preocupado

---

Não, eu nunca... por uma questão orgânica minha – não é nem intelectual –, eu nunca me repito.

---

de ir até o fundo, sabe como é que é? Vou te dar um exemplo: quando você descobre que a palavra *desastre* quer dizer uma determinação contra os astros, é uma coisa no fundo astrológica, os astros ditam, quando os astros estão contra: "aconteceu um desastre", você não se livra mais da maldição da etimologia.

– *Você acha isto ruim?*

Millôr – Não, não acho ruim. Mas você não se livra mais. Você quer ver? Você conhece aquele bairro do Rio de Janeiro, chamado Realengo? Pois é. Você sabe o que é Realengo?

– *??*

Millôr – Muitos pensam – os que pensam! – que é *Régio*, *Real*. Mas é "Real Engenho". *Real* mais a abreviatura de *engenho,* ou "Real Eng°". Quando você descobre isto, a palavra pega outro sentido. Aquele bonde que a gente ia pra Praça General Osório. A gente dizia: *Gosório.* Vamos pegar o Gosório! Você que chegava de fora não sabia o que era o Osório. Ainda hoje, quando o Ivan Lessa escreve Gosório, eu gozo.

– Tem uma história engraçada, neste mesmo assunto, que aconteceu na Veja. *Os caras fizeram uma matéria sobre música e precisavam duma foto da Gal Costa. Foi feita a requisição ao arquivo, para conseguir umas fotos da Gal Costa! Caras da Bahia não tinham conseguido fotografá-la, pois ela foi viajar. Pois bem. Foram procurar a pasta da Gal Costa. Aí viram que não tinha pasta da Gal Costa... Você pode imaginar que não tenha pasta da Gal Costa em qualquer arquivo do Brasil, menos da Abril, que é um arquivo reconhecidamente poderoso, fortíssimo. Pois não tinha. Foi uma correria e tal, consulta, pensa, até que um gênio, um pequeno gênio, aquele cara, o quinto cara do arquivo disse: "Já sei onde eu vou achar isto! Onde está o arquivo dos militares?". O editor espantado perguntou: "Como o arquivo dos militares?". O cara ficou obcecado pela ideia: "Eu quero o arquivo dos militares". Todos ficaram achando que o cara tinha enlouquecido e depois de muita briga, mostraram para ele o polpudo arquivo dos militares. O cara foi lá, olhou a ordem alfabética e foi direto. Levantou uma pasta e gritou: "Está aqui! General (Gal.) Costa!".*

– O teu trabalho na Veja *é a produção da semana, ou é uma mistura em que entram coisas antigas, coisas que estão guardadas...*

Millôr – Não, eu nunca... por uma questão orgânica minha – não é nem intelectual –, eu nunca me repito. A sensação que eu tenho é que na hora em que eu começar a me repetir, eu estou morto. Na hora em que eu começar a... "vou pegar um negocinho ali", aí então é melhor parar, não é verdade? Eu já faço um trabalho que do ponto de vista intelectual é considerado espúrio. Através da tradição intelectual você pode fazer grandes trabalhos, traduzir a *Ilíada*... Agora, se

Eu, por exemplo. É preciso uma porrada muito forte pra me derrubar, porque eu acredito na vida.

você trabalha para uma revista semanal, é escroto, é um subintelectual. Agora, se além disso eu for pegar coisas antigas, para mim mesmo o negócio perde o sentido. O meu método de trabalho é o seguinte: eu trabalho disciplinadamente, como um operário. Eu às vezes chego no meu estúdio às 7 horas da manhã e trabalho até 8 horas da noite. Mas também tem o seguinte: tem dias em que eu vou almoçar na Barra da Tijuca às 2 horas, o meu trabalho me dá esta liberdade, eu não tenho secretária, não tenho ninguém. De repente, às 5 horas da tarde estou cansado, olho no jornal, desço ali na esquina e vou ao cinema. Tenho horror a trabalhar de noite. Ao contrário do Ziraldo, ele começa a trabalhar de noite e vira a madrugada. A minha força, engraçado – é uma parábola orgânica com relação ao dia –, começa bem cedo, e vai diminuindo com o dia. Quando escurece, eu já não tenho vontade de fazer mais nada.

– Você levanta cedo não por disciplina, mas naturalmente?

Millôr – Naturalmente. Por exemplo, se eu vou dormir às seis horas da manhã, o máximo que eu consigo dormir é três horas.

– Você acha que isto é um negócio biológico...

Millôr – Olha... a biologia funciona pacas! O tempo todo! Acontece que o Hitler desmoralizou a biologia. Falou em biologia hoje, você é reacionário. Não é verdade? Olha aqui, eu tenho dois filhos, vou te dar um exemplo. Bom, antes de falar nisso: estou seguro de que você não nasce apenas inteligente ou burro: você nasce culto ou inculto, você nasce simpático ou antipático, e, sobretudo, você nasce feliz ou infeliz. Você...

– Você não acredita na colocação do Freud, que até os três anos é que se define se o sujeito vai ser feliz ou infeliz?

> Naquele momento havia o inimigo comum, era o Poder. Aí era fácil. No momento em que o inimigo começou a enfraquecer, nós começamos a nos dilacerar.

Millôr – Não. Acredito que o cara já nasce feliz ou infeliz, ponto. Eu, por exemplo. É preciso uma porrada muito forte pra me derrubar, porque eu acredito na vida. Nós estamos reclamando da vida hoje! Eu, no Rio de Janeiro, nós todos, no mundo inteiro. Olha aqui, nós podemos reclamar o que quisermos, mas que enredo! É um enredo inacreditável que nós estamos vivendo, não é mesmo!? É duma emoção! Você abre o jornal de manhã e o Aiatolá dominou o Irã, mandou arrancar a cabeça de 150 sujeitos, o Lennon foi assassinado, o cara morreu ali, queimou não sei o quê. Antigamente, você não sabia nada disso. É um enredo incrível. Quatro bilhões de pessoas fazendo enredo, quatro bilhões de pessoas falando, criando coisas. É um mundo maravilhoso... otimíssimo!

– *Mas... quem é afinal o otimista da família, é o Hélio ou o Millôr?*

Millôr – Aí se eu disser que sou eu, estou falando mal do Hélio. Mas sou eu, sou eu. Tanto quanto possível eu sou feliz. O que é um negócio lamentável. É um negócio lamentável você ser feliz neste mundo. Aliás, o Antônio Houaiss escreveu o prefácio de um livro meu falando nisso e no meu *orgulho de ser saudável*. É uma verdade. Não sei como ele percebeu.

– *Mas você ripou demais o Houaiss.*

Millôr – Sim, mas eu só ripo – como no caso das mulheres – o que me interessa. Ele não devia ter entrado na Academia. Então eu ripo. A Dinah Silveira de Queiroz eu não ripo. Ela merece a Academia. E a Academia merece ela. Agora, o Antônio Houaiss é outra coisa... Por que um homem como o Antônio Houaiss tem que entrar para a Academia? Um homem que tem uma grande dignidade, é um homem respeitável, um alto intelectual...

– *Em outra pergunta, você falava sobre movimento de imprensa e de jornalistas a respeito do* Pasquim, *como um dos mais importantes. E se falou também em "não se levar a sério", como se as pessoas que fizeram o* Pasquim *não se levassem a sério. Por que surgiu o* Pasquim, *afinal? Foi uma espécie de "espontaneísmo" histórico, ou foi uma intenção naquele momento de resistir, algo que não ficasse enquadrado naquele momento?*

Millôr – Olha, quem disser o contrário está mentindo: foi um movimento espontâneo, não tinha nenhuma ideologia por trás, a não ser a ideologia de cada um, e que afinal de contas acabavam falando em bloco, igual, porque o que se estava combatendo na época era uma coisa só. Isso passou. Neste número da *Veja* que sai agora, eu escrevi um artigo que termina assim: "Hitler, que falta você nos faz!". Evidente, quando você tem um inimigo comum, tudo fica mais fácil.

– Há um texto de Le Carré sobre isto. Um texto antigo. O Smiley está na Alemanha ensinando, num dos primeiros momentos da ascensão do nazismo. Ele está numa universidade alemã ensinando literatura alemã, os poetas do século XVI e, de repente, ele ouve uma balbúrdia no pátio e vai ver o que está havendo. Da janela ele assiste os estudantes, membros da juventude hitlerista, pegando os livros da biblioteca, atirando no pátio e tocando fogo. Então, o Le Carré faz a seguinte frase: "Ele ficou ali na janela fumando, com aquela alegria selvagem do sujeito que descobriu o inimigo".

Millôr – Quando você simplifica, é isto que você está dizendo. Há o inimigo. E naquele momento havia o inimigo comum, era o Poder. Aí era fácil. No momento em que o inimigo começou a enfraquecer, a abertura existe, nós começamos a nos dilacerar. Faz parte da nossa natureza. Agora, não é fácil ter um inimigo comum, mas de vez em quando você encontra. Você pega um Cristo e é aquele filho da puta, vamos crucificar aquele filho da puta! E aí é a própria dinâmica do processo. Naquela meia hora, naqueles dez dias em que você crucifica o Cristo, ninguém pensa noutra coisa. O Hitler – não estou comparando! – servia a todo mundo como serviu todo esse regime aí. Se nós fôssemos analisar friamente, não há nenhum regime que não tenha feito coisas primitivas. Vou te dar um exemplo que você vai dizer que é assustador...

– Olha Millôr, não querendo interromper você, mas eu acho que você está demonstrando que você se leva extremamente a sério...

Millôr – Me levam? Ou me levo?

– Você se leva a sério. Você acorda cedo, tem um horário rígido de trabalho, se propõe a fazer um trabalho importante. Ou seja, tem todo o comportamento de uma pessoa que acha que o seu trabalho é importante.

Eu devo ter feito cem frases magníficas; quando eu morrer estas frases vão ficar sendo repetidas por aí. Agora – o que isso me interessa? Eu estou morto!

Millôr – Sim, este trabalho é importante na medida em que, digamos, é importante o trabalho de um operário consciente. Então ele está fazendo aquele tijolo e vai fazer o tijolo da melhor forma possível, para que as pessoas digam "vai naquela fábrica que tem um tijolo bom". Então, a minha perspectiva é a seguinte: eu faço, porque faço. Por exemplo, eu estou fazendo a tradução do *Rei Lear*, olha, aí sim, aí entra a minha pretensão, e por isso digo a mim mesmo: eu vou fazer um negócio que ninguém nunca fez. E entro na aventura do negócio, na aventura intelectual. Quer dizer, tem trinta sujeitos fazendo surf ali embaixo, mas só eu estou fazendo isso. (*Risos*) Aí sim entra a seriedade, mas não é a seriedade da glória. Eu não quero entrar para a Academia e nem estou acreditando, ou por outra, até eu posso acreditar, vou te dar um exemplo: uma coisa que eu acredito, eu já fiz dez mil frases, ou vinte mil frases. Possivelmente eu devo ter feito cem frases magníficas; quando eu morrer estas frases vão ficar sendo repetidas por aí. Agora – o que isso me interessa? Eu estou morto! No dia seguinte eu não sei mais

---

A repressão sexual. Era violenta. Mas você não imagina como o filtro da família potencia a repressão. É ela que te proíbe tudo.

---

nada! Eu juro a você que eu não sei mais nada! Eu posso fazer o que eu fizer, mas... é besteira qualquer glória! Você vai viver mais dez, ou vinte ou cinquenta anos mais do que eu. Mas que me interessa isso? Quando eu morrer, você morre também! Quando eu acabar, o mundo acaba. E eu não sobro um segundo depois da minha morte. Depois que eu morrer, os caras vão dizer: "Que gênio!". E daí? O que me interessa no meu trabalho é o prestígio do meu trabalho agora: aí entra a seriedade. Se eu chegar aqui, eu sei que você está olhando pra mim, eu sei que você pode ter divergências comigo, mas está me respeitando. Entendeu? Se eu chegar em qualquer parte do Brasil, do Oiapoque ao Chuí, eu tenho aquele prestígio que eu consegui manter através do meu trabalho, que eu acho fascinante: se eu chegar em qualquer lugar, como nós estamos aqui, sou recebido, as pessoas vão me tratar bem, as pessoas vão conversar comigo. E Deus viu que isso era bom. Mas eu não quero ser o Roberto Carlos, não. Eu não quero andar na rua e a pessoa me reconhecer. Disso eu tenho horror. Mas um prestígio eu quero ter: o da seriedade. Se era pra conquistar isso, eu já conquistei e não vou perder. Ninguém vai me tirar isso. Agora – imortalidade, fazer obra eterna!? Eu juro a você, não adianta, pô! Eu vou morrer!

– *Quer dizer que você leva a sério o que está fazendo, e não as consequências do que está fazendo.*

Millôr – Isso. Exatamente isso.

– *Eu sei que você é um antifreudiano, um antipsicanalítico etc... Por várias vezes você já manifestou esta posição solidamente. Eu sei também que você não fala sobre seus primeiros anos, e tal. Ou melhor, já falou em outras entrevistas, mas nessa agora não. O Hemingway, por exemplo, é um cara que dizia o seguinte: "Uma infância infeliz é absolutamente essencial para forjar um escritor". O que você acha disso?*

Millôr – Eu não faria uma frase tão peremptória. Eu acho que tudo faz tudo. Há pouco tempo, faz uns quinze dias, eu estava numa reunião, com o Hélio Pellegrino, uma moça historiadora e aquele Dom Estevão, que é um padre aí, duns 60 anos, quadrado, sabe como é: ainda defende a virgindade dos jovens, até o casamento. Não dos católicos, mas dos caras *em geral!* Já o Hélio Pellegrino é outro tipo de religião: acredita em São Freud. E eu comecei dizendo o seguinte ao Hélio: "Hélio, eu tive a sorte de não ter pai nem mãe. É parecido com isso que você disse!". "O que é isso!?", disse o Hélio, alarmado. O Hélio se pretende um cientista freudiano, mas, para mim, freudiano já é o reacionário da psicanálise. Que, aliás, é uma não ciência. Mas, enfim, a inexistência de uma família não me fez infeliz. Portanto, sou *hemingwaymente* um mau escritor. Mas também não tenho, nunca tive aquelas

---

É uma coisa simplíssima andar de bicicleta, mas não ando. Uma frustração. Quando você anda de bicicleta não te acrescenta nada, agora, não andar...

---

encucações impostas pelo filtro da família. Você pega, por exemplo, na minha geração, a repressão sexual. Era violenta. Mas você não imagina como o filtro da família potencia a repressão. É ela que te proíbe tudo, te joga numa igreja, te obriga a ir à missa, a fazer comunhão, possivelmente te joga em um colégio católico, etc. Agora, quando você está solto no mundo, ninguém te joga pra coisa nenhuma, pra grande repressão. Você sai pra rua pra luta da vida. A influência sexual negativa da sociedade existe, mas, paradoxalmente, é muito mais branda. A luta é em geral dura, mas é outra. Eu via meninos, você não vai acreditar nisso, eu via meninos-família nesse negócio de escoteiro e eu ficava olhando, desconfiado. "Que merda é essa? Por que esses marmanjos estão levando criança pro mato?" Quarenta anos depois, agora, foi publicado o diário do Baden Powell, o fundador do escotismo. Um filho da puta! Tá publicado (no diário dele) um genocídio que ele fez lá na África do Sul, com os negros, na guerra dos Boers. Tá ali contado como é que ele fez, como é que ele proibia a comida aos negros, como é que ele jogou alguns milhares de negros numa terra de ninguém para serem dizimados. Isto fez com que ele, numa posição em que ele poderia se defender três meses, permanecesse um ano e virasse herói nacional. No dia em que terminou a guerra, ele foi tomar chá com o coronel inimigo, como fazem os ingleses! Mas todos os negros tinham sido liquidados! Esse foi o criador do escotismo. Eu fui passando pela vida de forma sempre demasiado crítica – e isso pode ser até um detalhe negativo –, mas por isso não consegui acreditar nem em integralismo nem em comunismo. Minha geração é metade comunista, metade integralista. Lembro uma história antiga do meu ceticismo:

eu descia as escadarias do Liceu de Artes e Ofícios todas as noites e aí, uma noite, na avenida Rio Branco, tava lá aquela zorra toda formada; tinham afundado o *Baependi*, o que motivou o Brasil a entrar na guerra com os americanos. Todos diziam que tinham sido os nazistas que tinham afundado, e eu pensei, no meu racionalismo: "Como é que no escuro, de noite, eles sabem que foram os nazistas?". Era uma pergunta infantil, mas hoje é quase certo que foram os americanos. Era aos americanos que interessava que o Brasil entrasse na guerra. Sei lá, eu não consigo embarcar em mitologia. E isso foi provado por tudo que eu passei. Eu não tinha ninguém em volta de mim que me dissesse: "Olha aqui, você faz isso, porque se não fizer isso, está errado". Só neste aspecto, há um lado muito parecido com o do Hemingway. O lado negativo de minha infância, às vezes... Quer ver frustrações minhas? Frustração mesmo, não é brincadeira, não! Por exemplo: eu não ando de bicicleta, eu nunca tive uma bicicleta. Eu acho bicicleta um negócio maravilhoso e sei que é uma coisa simplíssima andar de bicicleta, mas não ando. Uma frustração. Quando você anda de bicicleta não te acrescenta nada, agora, não andar...

– Fazer é importante, não pelo que acrescenta, mas pelo que impede de tirar...

Millôr – Você não fazer, você é um frustrado. Olha aqui, você está aí, bem, muito bem, saudável, aí então amanhã aparece uma espinha no seu nariz. Esta espinha passa a ser o centro do mundo, não é verdade? Ninguém nem está notando, mas você sente aquela espinha no nariz e pronto! É um negócio inacreditável, o peso das coisas negativas da vida. Esse é o meu caso; agora, o outro lado é altamente positivo. Quando o Antônio Houaiss falou em minha saúde, acho que englobou tudo, a saúde física e a mental. Realmente eu tenho uma grande satisfação nisso. E é por isso – não só por isso – que não topo psicanálise: eu acho um negócio de doente. Uma proposta pelo avesso. O homem é uma máquina de enrustir, o homem foi feito para enrustir as coisas. Você levou uma porrada quando tinha

> Nós estamos falando de psicanálise por acaso, pode ser o horóscopo. É a mesma coisa. Não tem muita diferença, não.

10 anos. Essa porrada você enruste. Você absorve as humilhações, ostenta as coisas positivas. Nós fazemos isto o tempo todo, em conversa, inclusive. Se você disser tudo que pensa, a vida é impossível. Aí, a própria vida faz com que você, que está tranquilo, de repente passa um cara e tum! te lembra, sem você querer, a humilhação dos 10 anos e te volta aquela dor dum certo momento. Mas logo passa. A comparação é a seguinte: tem uma caixa d'água no seu terraço, que está cheia de borra, não é verdade? Ela está sempre cheia de borra, como a tua alma. Mas a borra está lá, sedi-

mentada. Uma vez por ano, um cara chega lá e limpa aquela caixa e a água fica meio turva durante algumas horas. Tudo bem. Agora, você pagar um sujeito para ficar com um pauzinho na tua alma, o tempo todo remexendo com os troços: "O que a tua mãe disse?" "O que o teu pai fez?" "Como foi aquele cara que te comeu à força no colégio e você não reagiu!".

– Se você, no caso, for uma exceção em relação a isso? Se você resolve isso pessoalmente é uma coisa, se não, é o negócio aquele que o velho Sartre dizia: "Quando você se escolhe, você se escolhe socialmente, você escolhe todo o resto da humanidade junto com você". Então eu pergunto o seguinte: determinadas conjunturas permitiram a você manter esta borra sedimentada lá embaixo, enrustida. E as pessoas a quem essa borra tolda permanentemente, como é que elas vão alterar isso? Aí eu volto àquilo que o Herbert Read dizia: "O mal da nossa época é que ela não tem uma arte trágica". Uma arte que te permita uma maneira de te liberar dos teus fantasmas socialmente. Teatro, por exemplo, que é uma coisa que você faz. Os gregos, por exemplo. Eles iam lá, se empilhavam nas arquibancadas e viam aquele troço todo, eram fodidos pelo pai, fodiam a mãe, a irmã, aí vinha um rei que fodia os três e tal, e aquilo de uma certa forma lavava a alma da multidão. Nós não temos...

Millôr – Como eu não sou um radical, eu acho que tem de tudo. E quando um maluco quer consultar o psicanalista, seria eu a última das pessoas a recusar esse seu direito. Eu acho que se existe essa coisa e está fazendo algum bem a essa pessoa...

– Não, eu não quero justificar a psicanálise, eu quero pensar a respeito do vazio. Eu estou menos preocupado com a análise e mais preocupado com o horóscopo, por exemplo.

Millôr – Nós estamos falando de psicanálise por acaso, pode ser o horóscopo. É a mesma coisa. Não tem

> Eu estou lá fazendo o meu tijolo, e só entrego o que eu acho que está bom. Pode até estar ruim, mas eu não estou achando que é ruim, não.

muita diferença, não. Mas, muito bem. O horóscopo já esteve com muito mais prestígio do que a psicanálise em muito mais anos da história, você sabe disso. E mais, uma das minhas coisas contra a psicanálise é que a psicanálise não cura exatamente ninguém. Quando você ataca um psicanalista ele já diz: "Mas nós não temos pretensão terapêutica". Então foda-se, pô. Se cobram entrada! Tanto que eu criei uma ciência que é a antítese disto, uma ciência que eu não considero melhor que a psicanálise; mas ela, a psicossíntese, pelo menos é mais rápida: é uma vez só. Você paga muito mais, evidentemente, pois é uma vez só. Você paga aquela grana toda e depois de dez horas de consulta, o analista faz a síntese:

"Meu amigo, o senhor é o maior filho da puta que eu conheço!". Recebe o dele, e chama outro cliente.

– O que move um cara, durante 43 anos, das 7 da manhã até as 8 da noite, enquanto os outros fazem surf etc., o que faz com que este cara escreva? Que tipo de obsessão é essa?

Millôr – Não, mas peraí! Primeiro, não é obsessão, é profissão. Como os outros ganham a vida no mercado financeiro, o português ganha a vida no seu armazém, eu estou ganhando a minha vida. Bom, eu estou ganhando a minha vida: tem aqueles que ganham a sua vida dignamente e os que ganham indignamente. Eu estou procurando vender um produto. É aquela história que a gente já falou, a história do bom tijolo. Eu estou lá fazendo o meu tijolo, e só entrego o que eu acho que está bom. Pode até estar ruim, mas eu não estou achando que é ruim, não. Além disso, não foram 43 anos confinados. Enquanto isso, graças ao bom Deus, eu tive enormes paixões, eu namorei as moças, eu viajei, eu fui e voltei, eu corri riscos, tive medos e muitas alegrias. E tudo isso ainda me deu o lucro marginal de estar aqui com vocês: oportunidade que eu obtive com o meu trabalho, na minha vida.

Participaram desta entrevista: José Antonio Pinheiro Machado, José Onofre, Jorge Polydoro, Paulo de Almeida Lima e Ivan Pinheiro Machado.

DIAS DEPOIS...

Meu caro Ivan,
Rio. 10. 5. A. D. 1981.

Depois que dei a entrevista à revista *Oitenta*, que vocês tão cuidadosamente editam, li um livro de Toynbee (Arnold) que só agora me caiu nas mãos. *A Historian's Approach to Religion*, no qual, em trezentas e poucas páginas, ele resume, de maneira admirável, o papel das religiões (e por extensão, outras instituições) na vida humana e na dele próprio, Toynbee. É admirável a clareza com que um homem que se diz não ateu, mas agnóstico (posso ter a pretensão de dizer o mesmo?) consegue definir a extraordinária importância das Altas Religiões – sete ao todo – na História da Humanidade. E, de repente, com outras palavras, ele diz, a respeito de individualismo e coletivismo (a nossa discussão sobre o papel do grupo e o papel do indivíduo), coisas que são tão iguais às minhas conclusões que não posso deixar de te enviar para, se você quiser, acrescentar à entrevista. Aliás, pode acrescentar a carta toda, com um asterisco no ponto devido:
"O mal não tem nada com a própria religião, especificamente, e não é peculiar às instituições religiosas pelas quais as autoridades eclesiásticas são responsáveis. É (o mal) uma manifestação do Pecado Original, que não passa de outro nome para a autocentralização

(colocação, pelo indivíduo, do centro das coisas em si próprio). O pecado está sempre em toda parte, pronto a encontrar oportunidades de se fazer atuante, e uma das maiores oportunidades lhe é oferecida pela incapacidade do Homem viver sem instituições.

"Instituições, como vimos, possibilitam ao homem satisfazer necessidades sociais que não podem ser atendidas dentro do estreito campo de relações atingido pelo contato pessoal direto. Contudo, a trágica experiência da história humana mostra que as possibilidades que a invenção de instituições colocou ao alcance do Homem foram pagas por ele a um preço muito alto. O custo do ganho quantitativo é uma perda qualitativa; pois, embora as relações institucionais deixem as relações pessoais bem longe, no que diz respeito ao número de almas que ela pode reunir numa sociedade, toda a experiência humana testemunha que as relações institucionais, no seu melhor, não se podem comparar com a qualidade das experiências pessoais, no seu melhor. O fracasso de ambas as espécies de relação pode ser relacionado à mesma causa, que é a inata autocentralização da natureza humana. Mas uma alma que se entrega ao nosismo pode se iludir de que essa autocentralização na primeira pessoa do plural é altruísmo, enquanto uma alma que se entrega ao egoísmo não pode tão facilmente se persuadir de que essa autocentralização singular não é pecaminosa.

"Um mal genérico das instituições de qualquer espécie é que as pessoas que se identificam com ela tendem a fazer dela um ídolo. O verdadeiro objetivo de uma instituição é simplesmente servir de meio à promoção do bem-estar de seres humanos. Na verdade, uma instituição não é sacrossanta mas 'descartável'. Porém, no coração de seus devotos, ela tende a se transformar num fim em si mesmo, ao qual o bem-estar dos seres humanos é subordinado, e mesmo sacrificado, se isso for necessário. Os administradores responsáveis por qualquer instituição estão sempre inclinados a cair no erro moral de julgar ser seu dever fundamental preservar a existência da instituição que lhes foi confiada." (Arnold Toynbee – *A Historian's Approach to Religion*. Oxford University Press – 1979- 340 páginas.)

Millôr Fernandes

Millôr Fernandes vai ao pampa
ou explicando uma foto

No início dos anos 80, Millôr Fernandes e seu amigo, o jornalista Yllen Kerr (já falecido e conhecido como o homem que criou a moda de correr na beira da praia no Rio de Janeiro), vieram a Porto Alegre para uma excursão às fronteiras vazias dos pampas. Nosso amigo Paulo Odone Ribeiro, que mais tarde seria deputado e presidente do Grêmio Foot-ball Porto Alegrense, havia convidado a dupla carioca para passar a Semana Santa na sua fazenda, na fronteira com a Argentina, município de São Borja, um dos legendários Sete Povos das Missões. Foi antes de viajar que ele nos concedeu esta entrevista. O Paulo Lima, eu – já editores do Millôr – e nossas respectivas mulheres (da época), em dois carros Alfa Romeo Ti4 2300, levaríamos o pessoal. Naquele tempo, as Alfas eram fabricadas no Brasil e tinham um tanque de gasolina de 100 litros. É importantíssimo que os jovens saibam que, para economizar gasolina, era proibido por lei vender o precioso combustível em fins de semana e feriados (viram como é bom ditadura?). Como eram 700 quilômetros de Porto Alegre até a Fazenda Nossa Senhora do Perpétuo Socorro e iríamos na Sexta-feira Santa, tínhamos que ter autonomia de combustível, pois não poderíamos reabastecer no caminho.

Naquele tempo, no interiorzão, não havia rede de eletricidade. A luz chegava através de um motor movido a óleo diesel, que era ligado ao anoitecer e desligado logo depois do jantar. Isto quer dizer que não havia televisão, nem o mundo era globalizado. Depois de 12 horas de viagem, chegamos na fazenda num final de tarde cinematográfico. Um verdadeiro céu "de aerógrafo", como disse o Millôr na ocasião. Para abrir a porteira da estância veio um peão de bombachas, camiseta regata branca, palito nos dentes, sandálias havaianas com esporas atadas ao pé (esporas no "garrão", como se diz na fronteira) e, naturalmente, um reluzente 38 cano longo na cintura. Andamos uma centena de metros até a sede da estância, fomos recebidos por Odone e sua mulher, Niúra, que nos levaram imediatamente para o galpão, centro nevrálgico de uma fazenda gaúcha. O galpão é basicamente o local onde fica o pessoal de serviço. Ali está o fogo de lenha de coronilha que jamais se apaga: esquenta a água do chimarrão, cozinha o assado e aquece o pessoal nas madrugadas frias. No Rio Grande, o galpão é cultuado como lugar de socialização, onde rolam as conversas, os causos, enquanto o chimarrão roda de mão em mão. Pois sentamos. A peonada vestida a caráter, quieta, só observava aquela conversa animada e se divertia com o sotaque carioca dos visitantes. Subitamente, um daqueles peões aponta para o Millôr

Millôr Fernandes vai ao pampa
ou explicando uma foto

No início dos anos 80, Millôr Fernandes e seu amigo, o jornalista Yllen Kerr (já falecido e conhecido como o homem que criou a moda de correr na beira da praia no Rio de Janeiro), vieram a Porto Alegre para uma excursão às fronteiras vazias dos pampas. Nosso amigo Paulo Odone Ribeiro, que mais tarde seria deputado e presidente do Grêmio Foot-ball Porto Alegrense, havia convidado a dupla carioca para passar a Semana Santa na sua fazenda, na fronteira com a Argentina, município de São Borja, um dos legendários Sete Povos das Missões. Foi antes de viajar que ele nos concedeu esta entrevista. O Paulo Lima, eu – já editores do Millôr – e nossas respectivas mulheres (da época), em dois carros Alfa Romeo Ti4 2300, levaríamos o pessoal. Naquele tempo, as Alfas eram fabricadas no Brasil e tinham um tanque de gasolina de 100 litros. É importantíssimo que os jovens saibam que, para economizar gasolina, era proibido por lei vender o precioso combustível em fins de semana e feriados (viram como é bom ditadura?). Como eram 700 quilômetros de Porto Alegre até a Fazenda Nossa Senhora do Perpétuo Socorro e iríamos na Sexta-feira Santa, tínhamos que ter autonomia de combustível, pois não poderíamos reabastecer no caminho.

Naquele tempo, no interiorzão, não havia rede de eletricidade. A luz chegava através de um motor movido a óleo diesel, que era ligado ao anoitecer e desligado logo depois do jantar. Isto quer dizer que não havia televisão, nem o mundo era globalizado. Depois de 12 horas de viagem, chegamos na fazenda num final de tarde cinematográfico. Um verdadeiro céu "de aerógrafo", como disse o Millôr na ocasião. Para abrir a porteira da estância veio um peão de bombachas, camiseta regata branca, palito nos dentes, sandálias havaianas com esporas atadas ao pé (esporas no "garrão", como se diz na fronteira) e, naturalmente, um reluzente 38 cano longo na cintura. Andamos uma centena de metros até a sede da estância, fomos recebidos por Odone e sua mulher, Niúra, que nos levaram imediatamente para o galpão, centro nevrálgico de uma fazenda gaúcha. O galpão é basicamente o local onde fica o pessoal de serviço. Ali está o fogo de lenha de coronilha que jamais se apaga: esquenta a água do chimarrão, cozinha o assado e aquece o pessoal nas madrugadas frias. No Rio Grande, o galpão é cultuado como lugar de socialização, onde rolam as conversas, os causos, enquanto o chimarrão roda de mão em mão. Pois sentamos. A peonada vestida a caráter, quieta, só observava aquela conversa animada e se divertia com o sotaque carioca dos visitantes. Subitamente, um daqueles peões aponta para o Millôr e pergunta naquele sotaque fronteiriço, quase puxado para um portunhol:

– O senhor é do Rio de Janeiro?

– Sim, sou – respondeu simpaticamente o Millôr.

E o peão tascou, sem rodeios:

– Conhece o Moreira?

Houve um silêncio perplexo.

– Um gordo! – arrematou, fazendo um gesto com os braços que indicava uma barriga acentuada.

– Mas... – gaguejou Millôr Fernandes, espantado –, o Rio é muito grande...

– Mas o Moreira é um tipaço – disse o homem –, onde ele chega todo mundo já conhece pela prosa. Ele não para de falar!

O Millôr pensou, pensou e resolveu sair-se diplomaticamente:

– Sabe, não estou me lembrando do Moreira...

Millôr de bombachas

Para confirmar visualmente a história que narro a seguir, vocês podem ver no começo e no fim deste livro as fotos que registram Millôr Fernandes totalmente "pilchado", como um autêntico gaúcho. Botas, bombachas, chapéu de aba larga, lenço no pescoço e a fundamental guaiaca, que é o cinturão que abriga o revólver e as facas. Em poucos dias, o grande intelectual carioca parecia um autêntico habitante dos pampas do extremo meridional brasileiro. Yllen Kerr, jornalista, fotógrafo, apreciador de esportes radicais e corredor de rua, causou furor entre a peonada ao montar de forma impecável um dos cavalos tidos como dos mais "brabos" do plantel. Para a gauchada, um "sujeito da cidade" não monta um cavalo daqueles em hipótese nenhuma. Yllen tinha servido no Exército, na Cavalaria, e tinha grande perícia como ginete.

No começo da tarde do domingo, estávamos todos vestidos desta forma radical quando fomos convidados para acompanhar a peonada até a fazenda vizinha, onde haveria carreiras (de cavalos) numa cancha reta. Era o grande programa domingueiro na região. Estávamos nos preparando para entrar na camionete quando o velho peão que nos guiava apontou para a arma que Millôr levava (descarregada, naturalmente):

– O senhor vai levar a arma?

– Acho que vou – disse o Millôr, rindo, mas sem muita convicção.

– Pretende usar? – perguntou o peão.

– Claro que não!

– Então, não leve.

E encerrou o assunto. Na fronteira, cancha reta e revólver são assuntos muito sérios...

Dezembro de 2010

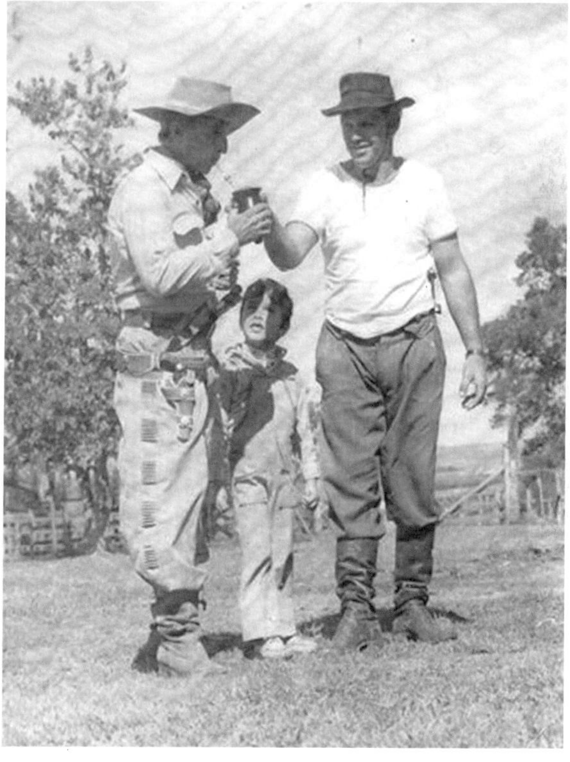

IMPRESSÃO:

Pallotti
GRÁFICA EDITORA
IMAGEM DE QUALIDADE

Santa Maria - RS - Fone/Fax: (55) 3220.4500
www.pallotti.com.br